U0022625

小辣椒

陳長慶——著

寸陰是競
——寫在《小辣椒》出版之前

陳長慶

二〇一二年夏天，當我完成長篇小說《槌哥》後，《小辣椒》這個故事也開始在我腦裡醞釀著。儘管它距離成熟尚有一段距離，寫或不寫也在我內心掙扎了許久，讓我陷入矛盾的深淵裡。然而，當無情的病魔正逐漸地侵蝕我的身軀時，我已沒有時間作更多的考慮，就像年輕時務農那樣，必須趁著夕陽猶未被黑夜吞沒的時刻，揮著牛鞭加快腳步，把那畝準備種植的田地犁好。即使因時間倉促而草草了事，但如果不盡快地鬆土，復播下種籽或插上秧苗，一旦錯過春風的吹拂，春雨的滋潤，勢將影響作物的生長與日後的收成。

基於前因，縱然這篇小說仍有待商榷之處，可是我必須從速地把這個將從鄉親記憶中消失的故事書寫出來。一方面讓老一輩的讀者來回顧爾時的情景，另方面讓年輕朋友來瞭解當年的社會形態，只因為這段歷史是島民不可忘卻的一頁，一旦讓它沉沒在歲月的洪流裡，勢必難以挽回。甚而，我亦必須透過這篇作品來表達我的人生態度和社會觀。於此，無論上述是否能構成一個令人信服的理由，至少，在黃昏已到黑夜尚未籠罩大地的此時，我已把《小辣椒》這篇小說忠實地呈現在諸君面前，除了了卻自己的心願，也同時把它紀錄在金門的文學史上，因為它是屬於這座島嶼的故事，必須與它共生共存。

不可否認地，長達三十餘年的戰地政務實驗，是島民畢生難忘的記憶，也是內心永遠的疼痛。單行法剝奪他們的權利，自由離他們很遠，任由當權者為所欲為，予取予求。善良的鄉親在欲哭無淚的情境下，只好乖乖地做一個順民。縱然十萬大軍的進駐讓居民生活有了明顯的改善，可是卻也有不欲人知的一面。倘若沒有親身歷經那些苦難的煎熬，勢必難以體會那種焦愁無助的痛苦滋味。即便這段歷史已時過境遷，但之前的傷痛，卻仍舊存在於島民心靈的最深處，也許，必須等待他們走完坎坷的人生路始能撫平。儘管《小辣椒》這個故事涉及的層面僅在商場，但在車水馬龍人來人往的街道上，在靠小辣椒的姿色營商而生意興隆日進斗金的百貨店裡，何嘗不是社會另一個角落的顯現？因此，似乎更能看清楚當權者醜陋的嘴臉與人性貪婪的一面。

即使小辣椒只是現實社會裡的一個小角色，但憑著她的美貌與親切的服務態度，以及善於利用人性的弱點來經商。縱然不能說是一夕致富，可是多年來憑著她的智慧，為她們家累積一筆為數可觀的錢財則是不爭的事實。儘管曾無端地被大官或小兵吃過豆腐，貨品的高售價也被譏為加了豆腐錢，但她非僅不予計較，甚而還展現出笑臉迎人與和氣生財的經商之道。可不是，多少高齡的大官都難過她那道美人關，遑論是那些年齡相仿的充員戰士們。因此，不但沒有讓客源流失，反而門庭若市。或許，青春正是她最大的本錢，美麗則是她最大的魅力，倘若沒有一張漂亮的面孔與一副傲人的身材，復加小辣椒這個響亮的名字，豈能引起那麼多人注意，而且還有高官收她為乾女兒。雖然有些乾爹不懷好意逾越了分寸，但卻也有幾個有求必應的活菩薩。她除了靠美麗縱橫商場，也靠乾爹遊走四方，類似小辣椒這種角色，在彼時的金門社會確實是個異數。

毫無疑問地，靠裙帶關係升官的人在這個社會比比皆是。即使一輩子都要背負著倚仗女人升官的沉重包袱，但並非人人都有這個機會，除了要有一個漂亮的女人做後盾，也得看看自身的造化。假若自己學識過人而懷才不遇，必須仰賴女人的牽引始能平步青雲，雖然會引起競爭者的不滿，可是只要在工作崗位上有優異的表現，繼而受到長官與同事的肯定，如此靠裙帶關係升官倒還差強人意，其格調亦比某些不學無術，卻以金錢換取官位的投機者強上好幾倍。就如同某些以卑劣手段獲得當選的政客們一樣，雖然擎舉著為民服務的大纛，暗地裡則為自己營私謀利，在利慾薰心的使然下，非僅不懂得反省，甚而還洋洋得意。而那些貪圖小利的選民，亦毫無民主素養可言，與國父孫中山的選賢與能簡直背道而馳。如此之敗壞社會的選舉風氣，倘或孫文先生地下有知，想不生氣也難啊！

回顧爾時那個以軍領政的年代，在政府部門及教育界，我們親眼目睹有人莫名其妙地高升，也同時看到有人無緣無故地被降調。不可否認地，高官的一句話可以左右全局，而女人的一句話又何嘗沒有舉足輕重的影響力呢？與此時的官場文化和選舉文化可說有異曲同工之趣。即便之前依賴的是人，而現下倚仗的是錢，但無論靠人或靠錢，無非都是各取所需、相互利用。至於裡面隱藏著什麼玄機，只有置身其中的人，才能領略到它的神奇和奧妙。可是升官有時也不必高興太早，當選也不必過度興奮，上台要有下台的心理準備。設若在職時目中無人、放肆傲慢，囂張跋扈、為所欲為，一旦卸任後並非無官一身輕，而是等著被人辱罵，甚至其祖宗十八代亦將蒙受其害。患有此癖好的官大人及政客們，不得不深思啊！

雖然小辣椒的行為舉止曾受到不少人的批評，但多數均為空穴來風或無的放矢。對於那些蜚言蜚語，不管是人紅是非多，還是某些人別有用心，抑或是有人故意誣陷，她始終以一顆坦然之心來面對，未曾把它放在心上。因為她自信其所作所為，並沒有對不起自己的良心。可是任誰也想不到，一個置身在戒嚴軍管時期的女流之輩，竟能憑著她的美貌與八面玲瓏的交際手腕，周旋在大官和乾爹之中。即便大部份都是為了生意起見，但何嘗沒有替自己的鄉親效勞過呢？

彼時，許多鄉親在走投無路的情境下，他們首先想到的並非是副村長或副鎮長，還是那些有頭有臉的社會人士，而是交遊廣闊卻又樂於助人的小辣椒。他們深知小辣椒認識的高官遍及防衛部各單位，其中還有好幾個是她的乾爹。在這些大官中，有管飛機的、管船票的、管醫院的、管勞軍團的、管福利品的，還有管軍用罐頭和戰備口糧的……，簡直五花八門、不勝枚舉。因此，只要鄉親有要事找上她，在其能力範圍內她絕不推辭。甚而她們家經常有人送軍用口糧和罐頭，查戶口時竟未曾再被查扣，真是此一時彼一時也。屈指一算，這些年來受她幫助的人不知凡幾，但她從不討人情，能替鄉親分憂解勞不也是功德一件嗎？她抱持的就是這種態度，儘管遭受不少人的誤解，然她則自感無愧於任何人。故此，對於外界一些惡意的批評，她除了嗤之以鼻，更不把它當一回事。

俗話說「知人知面不知心」自有它的道理存在。在小辣椒那些乾爹們，即便有值得尊敬的長輩，卻也有一些圖謀不軌的偽君子。他們往往會藉著乾女兒請託之便，或開開黃腔說些腥羶笑話，或動手動腳吃吃免費豆腐。放眼這個社會，可說形形色色的人都有，偶發事件更是千奇百怪、無奇不有。誰敢於保證沒有乾女兒被乾爹誘拐上床的情事？幸好縱橫商場多年，卻又看盡人生百態的小辣椒，早已認清這個社會，並練就一套隨機應變的本領，始免予受到那些欺世盜名的乾爹的騷擾和誘騙；甚至又能達到她所要的目的，可謂兩全其美啊！尤其她身處在這個「反共抗俄，消滅朱毛」的年代，倘若沒有高妙的交際手腕，或許只有被那些大官當玩偶戲謔的份，豈能在這座以軍領政的島嶼，縱橫四面八方，遊走在黨政軍高層之中。

毋庸置疑地，所謂「裙帶關係」，指的是丈夫因妻子的牽引才有官可做，含有濃厚的譏誚意味。即使文中的黃大千起初只是小辣椒的朋友，與「裙帶」構成不了「關係」，但最後終究得依賴這層關係始能當上主管。類似這種情形，在彼時由軍人當道的某些單位，就曾經傳得沸沸揚揚。倘若兩相對照，即便黃大千靠的是小辣椒，而小辣椒找的則是她的乾爹；但爾時某些想追求官職的人士，仰仗的卻是漂亮的老婆陪長官。至於如何陪法則是眾說紛紜，到底是純聊天或純吃飯，抑或是另有其他事事，也許只有天知地知他知她亦知，其他人則一概不知了。然而諷刺的是，在僧多粥少的情況下，縱使有人如願晉升，卻也有人賠了夫人又折兵，真教人不勝唏噓啊！誠然，在這個虛虛實實卻又充滿變數的世界上，在這個光明與黑暗交錯而成的社會裡，有人的地方就有是非，有是非的地方就有爭議，只因為它是一個不完美的社會，處處滿佈著陷阱，一不小心，勢必就會陷入它的爛泥裏去。

若以金門善良的風俗與純樸的民風而言，小辣椒的行為舉止在某些較保守的鄉親眼裡是有瑕疵的，難怪會受到一些蜚言蜚語的困擾。尤其當她周旋在那些大官之中，以及和副營長交往的那些日子裡，假若自己沒有定力卻又不能自持，豈能堅持女人最後那道防線，保有一個完整的處女身。它或許就是小辣椒不在乎外界批評的聲浪，能夠敞開心胸坦然面對的最大原委。然而，對於一些不利於小辣椒卻又毫無根據的謠言，即便黃大千已有耳聞，但他並未曾加以猜疑。首先是尊重她有交友及交際應酬的權利，繼而是相信她的清白。也因為他不輕易聽信那些毫無根據的話，且平時態度謙沖誠懇，對養育他長大的舅父母亦孝順有加，又能刻苦耐勞、奮發立志，始能獲得小辣椒的青睞而非憐憫。

可不是，當他們辦好公證結婚回到下榻的旅社，當他們繾綣纏綿交合的那一刻，小辣椒處女的落紅已證明了一切，那些飛短流長也在驟然間不攻自破。倘或黃大千之前不分青紅皂白，選擇相信那些不實的傳言，憑他的條件，豈能擄獲小辣椒的芳心；小辣椒更不可能央請乾爹出面關說，讓他當上主管。在傳統保守的觀念裡，縱使靠女人升官並非是一件光彩的事，可是機會只有一個，誰有先見之明，誰能洞燭先機，誰即能捷足先登。因而，人與人之間的相處，設若沒有誠信為基礎，每天疑神疑鬼或相互猜疑，勢必難以恆久，甚至早已分道揚鑣。如果自負不淺又耳根軟，喜歡聽信一些閒言閒語，最後失去的勢必比獲得的還要多。儘管黃大千自小父母雙亡卻又寄人籬下，讓他感到自卑，但畢竟他是一個懂得分際又能力爭上游的現時代青年，始能升任主管又抱得美人歸。這莫非是他的造化而非僥倖！

走筆至此，仰首一望，門外木棉道上的木棉花已落盡，枝幹亦已長出茂密的綠葉，轉眼又是春去夏至炎陽高掛天際的好時光。此時正值《小辣椒》這篇小說在《金門日報．浯江副刊》連載完結即將付梓之際，身為該書作者，對文中的故事、人物和情節，理應不該再作任何的詮釋，倘能留給讀者們一個自由想像的空間，似乎較為妥貼。可是這本近十萬言的長篇小說，則是從我腦海裡一字一字慢慢地孕育出來的結晶品，就彷彿是我親手種植的小辣椒一樣，每株都是我用血汗澆灌成長的，現下始能感受到收穫的喜悅。至於它的辛辣味是否比得上湖南或四川，我不置可否。但我敢於如此說，只有種植在這方曾經瀰漫著砲火煙硝的土壤裡，才能長出這種獨具風味的小辣椒，因而，我沒有不喜歡的理由。

無可諱言地，原以為四十餘年的文學生命即將隨著病魔的摧殘而劃下句點，但是在聽天由命的心境與意志力的支撐下，無形中竟增強了生命的韌性，因此並沒有立刻被擊倒。然而，尺璧非寶，寸陰是競，我必須珍惜活著的每一個時光，與我熱愛的文學相偎倚，並把原先預定劃下的句點，轉換成令人意想不到的驚嘆號！如此，始對得起這塊生我育我的土地。果真，在罹病的這幾年間，我秉持著對文學的熱衷與執著，趁著腦未昏的時刻，以生硬的手指頭在鍵盤上敲敲打打，一字一句忠實地記下島鄉的點點滴滴，以及將從鄉親記憶中消逝的一鱗片爪。於此，終於相繼完成了《花螺》、《了尾仔囝》、《槌哥》、《小辣椒》與《不向文壇交白卷》等書。或許，它就是我現下畫蛇添足向諸君交代這段歷程的原委。

然而，縱使讀者們對文學有不同的解讀，對文籍的喜好亦不盡相同，如此這般不知是否能接受《小辣椒》這種故事和寫法？但是，不管所獲得的答案是肯定或否定，惟我已竭盡所能，把僅有的一點心力奉獻給這座歷經苦難的島嶼。唯一期望的是明兒旭日東昇，當和煦的陽光映照在浯鄉的土地上，我依舊能在這塊滿佈希望的田疇持續耕耘。不論來日想種植的是何種作物，一旦播下種籽長出新苗，理當善盡莊稼漢之責，適時澆水施肥與除草，絕不任其無端地枯萎或讓田園荒蕪；甚而更要牢記「要怎麼收穫，就要怎麼栽」這句名言。可是天亦有不從人願的時候，當生命中的紅燈已閃爍出耀眼的光芒，或許，人生歲月不日將從燦爛變成黯淡。儘管心有不甘，但畢竟是天命，不得不坦然地接受上天如是的安排。且願來生，我乃是一個勤於耕作的農夫，心中那畝肥沃的良田，想種植的作物何其多，並非僅僅小辣椒而已……。

二〇一三年仲夏於金門新市里

目次

003 寸陰是競
——寫在《小辣椒》出版之前

017 小辣椒

271 寫作記事

小辣椒

0

提起小辣椒這三個字，在金門這個小小的島嶼，幾乎無人不知、沒人不曉。即使她年過半百，但風韻猶存，無論容貌或氣質，都像極了歌星白嘉莉。歲月非僅沒有在她臉上留下顯明的皺紋，反而讓她更有一份中年女性的成熟美。不管她是否懂得養生之道，或是以什麼秘方來養顏，似乎都構成不了她美麗的因素。說她是麗質天生，或許較為恰當吧！

可不是，想當年拜倒在她石榴裙下的男子不知凡幾。更讓人訝異的是那些在島上服役的充員戰士，以及一些年輕軍官或老參謀，甚至還有上校以上的高官，他們就像蒼蠅見到蜜糖般，經常在她身旁嗡嗡地亂飛亂叫，試圖想趁機沾點甜頭。可見小辣椒年輕時有多麼地標致，有多麼地迷人，想不教人想入非非也難啊！

小辣椒本名王美麗，可是認識她的人卻擱著她王美麗那麼好聽的名字不叫，偏偏叫她小辣椒。尤其是駐守在金門的阿兵哥，每逢部隊輪調新舊交接，總會同時把她列入移交。故而，無論是年輕的充員兵，或是年長的軍士官，幾乎人人都認識小辣椒。只要見到她，就小辣椒長、小辣椒短，大呼小叫叫不停。即使起初她不能接受，但久而久之習慣也就成自然，小辣椒的名氣不僅響透這座小島，甚而經過幾十年後，一些舊地重遊的老兵，還有人在打聽她的消息呢。由此可見，小辣椒當年的魅力，還真不是蓋的。

然而，小辣椒是名符其實的小辣椒，還是虛有其名而已，卻也值得玩味。因為她並非產自湖南或四川，而是道地的土產，其辣勁亦不過爾爾，豈能與原產地辛味十足的小辣椒相媲美。可是小辣椒這個綽號，亦非空穴來風，既然被賦予這個別名，自有它的意涵。但小辣椒究竟辣在何處，怎麼個辣法，是身材火辣？或是穿著火辣？還是生性潑辣？抑或是心腸毒辣？無論基於何種辣，總要有一個令人信服的理由吧！倘若諸君想知道它的原委，則必須要回溯到十萬大軍駐守在這座島嶼，等待反攻大陸回老家的那個年代……。

1

王美麗出生後不久，即發生名震中外的八二三砲戰，母親秋霞的月子幾乎都在防空洞裡度過。也因為戰亂的關係而物質匱乏、母體失調，以致沒有足夠的奶水可供孩子吮吸，讓小娃兒經常餓得哇哇大哭。雖然好心的鄰居送給她一包美援奶粉，但全脂的奶粉一旦用開水沖泡，非僅不能溶解，反而凝結成顆粒狀。裝入奶瓶，則不易吸出，只好用小湯匙一小口一小口餵進孩子的小嘴裡。可是孩子的腸胃卻不能適應，喝後不久就腹瀉。這個苦命的孩子，真是生不逢時啊，秋霞的內心有無限的感嘆。

然而，屋漏偏逢連夜雨，在共軍四十餘天盲目的砲擊下，孩子的父親在耕地工作時，不幸遭到匪砲彈片擊中，因失血過多終告不治。之後竟連賴以遮風避雨的古厝，也被匪砲擊倒而夷為平地。孩子出生的那年，也是王家愁雲慘霧的一年，真是情何以堪啊！

在家破人亡、走頭無路的情境下，秋霞只好帶著襁褓中的孩子回娘家。然而，她並沒有好逸惡勞，除了分擔大部分家事，也經常下田幫助農耕。但縱然如此，則依舊不能博取兄嫂的歡心，每天都得看他們的臉色過生活。翌年，砲戰稍歇，老母親為了顧及她的自尊，以及不願看到她們母女倆在這個家受委曲，竟打開那只塵封已久的鐵箱子，把她歷年儲存下來的私房錢和手飾一一拿出來，全數給予她這個苦命的女兒，希望能幫她另謀生計。

那天，母親把她叫到房裡，紅著眼眶對她說：

「秋霞，俗話說：嫁出去的女兒潑出去的水。我知道妳們母女倆在這個家受到很多委曲。可是我年已老，這個家又是妳大哥大嫂在掌權。儘管妳的兄長有一個開闊的心胸，但也要看看妳嫂子有沒有那個肚量。如果他們能展現寬宏大量的心胸顧及手足之情，妳們母女倆待在這個家才有意思。但是他們卻是一個鼻孔出氣，每天除了冷言冷語，又板著一張臭臉給妳看，連我這個做母親的都看不過去，別說是妳。」老人家說著、說著，順手遞給她一個小包包，「這些錢有一部分是妳父親遺留給我的，有一部分則是我平日節衣縮食儲存下來的，手飾則是我當年的嫁妝。聽說山外新街的房子因砲戰的關係，許多屋主都想把它賣掉，而且價格很便宜。一幢店屋只要幾千塊錢就可以買得到，一些家園被匪砲摧毀的鄉親，莫不紛紛買下並搬到那裡去居住。而且附近駐守著許多軍隊，說不定將來砲戰停止後還可以做點小生意。這些錢和手飾加起來少說也有幾千塊，妳找時間去打聽打聽看看有沒有適合的，如果有的話，就頂下一間做為妳們母女的棲身之所。雖然這是我最痛苦的決定，但為了妳和孩子的將來，妳就搬離這個家吧，免得再受那些窩囊氣。」

「不！媽，我搬出去可以，但不能拿您那麼多錢。我還年輕，我可以自食其力把孩子拉拔長大。」秋霞激動地說。

「傻孩子，想自食其力把孩子撫養長大，必須先有一個棲身之所。否則的話，難道要帶著孩子露宿在荒郊野外？更何況我年紀一大把了，既有得吃、又有得穿，留下那些錢在身邊又有什麼用？將來眼睛一閉，還不是他們的。」母親開導她說。

「媽，您還是留著吧，萬一讓哥嫂知道不好。」秋霞有所顧慮地。

「錢是我的，他們敢怎樣？」母親激憤地，「我萬萬沒想到他們的心胸竟是那麼地狹小、自私。除了不把我這個老太婆看在眼裡，甚至也不顧及手足之情，實在讓我很痛心。我為什麼要把這些錢留給他們！」

於是在老天爺的憐憫與母親的資助下，秋霞終於順利地頂下一間能遮風避雨的處所。老母親特地為她們選了一個吉日，母女倆帶著簡單的行囊來到這個新興的街道，落腳在一幢由水泥磚瓦建造的店屋。即使沒有床鋪傢俱，但母女倆相偎相依，睡在僅以草蓆鋪蓋的地板上，倒也感到踏實。儘管每天粗茶淡飯，總比看兄嫂的臉色好。然而，縱使有一個棲身之處，但往後的路還長遠，她必須為未來的日子而設想。把孩子養育成人更是她首要目標，絕不能讓兄嫂看笑話，亦不能辜負母親的一番苦心。

秋霞落腳的這條新興街道原本是一片草埔，政府為了均衡發展而有意把它規劃成一個新城鎮，並遊說地區民眾投資興建。然而，居民大部分務農，有能力承購店鋪的都是些財力雄厚的商人，或是少數有僑匯接濟而經濟較為寬裕的百姓。可是當街道興建完成後，砲戰卻接踵而來，讓這個前景看好的新城鎮，在剎那間從燦爛變成黯淡。許多屋主為了遷台或另有打算，莫不廉價拋售，換取現金以備不時之需，而承購者大部分都是一些受到砲災傷害無屋可住的島民。他們在不得已的情境下，只好攜家帶眷遠離自己的家鄉，住進這間能暫時遮風避雨的瓦房，等待砲戰結束後再回老家重整家園。

然而，重整家園並非一朝一夕即可完成的事，儘管距離清平尚遠，但當砲戰較為緩和時，居民為了營生，莫不在自家的店屋紛紛經營起各種行業，並以小吃、冰果、撞球、洗衣、修改軍服……等小本生意較多；當然亦有小型的五金、百貨、煙酒、雜貨等店家的開張。也因此而吸引許多鄰近的駐軍前來消費，讓原本冷清的街道在驟然間熱絡了起來。無論開的是什麼店，做做阿兵哥的生意賺點蠅頭小利，一家大小省吃儉用圖個溫飽絕對不成問題。

母親給秋霞的錢，除了購屋外，尚有少許餘額，但想開店做生意非僅不夠亦不容易。經過秋霞再三的思考和衡量自己的能力，或許只有洗衣一途才是她最熟悉也最能勝任的工作。況且，屋後又有一口水井，而洗衣除了肥皂外，其他靠的全是力氣，對她來說勢必駕輕就熟，也是成本最低的一種。甚至當年未出嫁時，在母親的調教下，她亦學會了簡單的縫紉手藝。如果純粹是褲管放長或截短，還是修補破損的地方，似乎都難不倒她。倘若能一方面幫阿兵哥洗衣，另方面幫他們修改衣服，如此雙管其下那是再好不過了。於是秋霞決定買一部價格較低廉的手搖縫紉機，然後掛上洗衣和修改軍服的招牌，展開她人生歲月的另一段旅程。

靠自己，最踏實！

秋霞看看懷中熟睡的女兒，打從心靈深處湧現出一抹淡淡的微笑……。

2

回想一九四九年，當國軍撤退到這座島嶼經過整編後，並訂定：「一年準備，兩年反攻，三年掃蕩，五年成功」的目標。島上除了防衛司令部外，並有四個重裝師，一個輕裝師，以及海、空指部，防砲團……等單位的駐守。小小的島嶼，駐軍比居民多出好幾倍，穿著草綠色制服的軍人到處可見。雖然每個村莊都有民房被佔住，甚至鄰近山頭與海邊的田地，亦有被駐軍架上鐵絲網成為軍事禁區的情事，復加種種限制造成居民諸多不便，引起民眾不少怨言。但數萬大軍總要吃飯、總要消費。於是農民種植的蔬果與漁民捕撈的魚蝦，商家販賣的日常用品及南北雜貨都有了銷售的管道。從此之後，島民的生活才逐漸地有了改善。雖然價購的是過期而含有黃麴毒素的戰備米糧，但有米飯吃總比三餐地瓜好。在醫學知識貧乏的那個年代，島民只要有米飯吃就心滿意足了，根本不知道黃麴毒素對人體有巨大的影響。

尤其是一九五〇年六一七砲戰過後的十餘年間，即使當權者仍然做著反攻大陸的美夢，但隨著台灣社會的進步與開放，島上在駐軍的協助下，也慢慢地有了建設的藍圖。為了讓軍民有一個休閒娛樂的場所，除了民間電影院外，防衛部本身及五個師與海、空指部，亦先後設置文康中心，主要的是放映電影，而且票價低廉。也因為各師文康中心的設置而帶動週邊新興街道的興起，只要掛上「冰果」、「撞球」、「洗衣」或「修補軍服」的招牌，掙幾個錢養家活口並非難事，遑論是那些領有正式營業牌照的商家。當然，從商的只是佔總人口的一小部份，多數居民仍然從事農耕、捕魚及勞動等工作。日子雖然清苦了一點，但比起以往，則有天壤之別。

隨著局勢的轉變，砲戰已逐漸地緩和，甚至只偶而打打宣傳彈，即使仍會造成傷害，但與當年數十萬發的落彈數已不能同日而語。儘管駐軍依舊時時備戰，也訂有宵禁及陣地關閉時間。但五個師除了週一戰備、週四莒光日外，餘則輪流休假，防衛部及直屬單位則休週日。因此島上各街道在這段時間裡，幾乎都可看到阿兵哥在街上溜達的身影。

所謂有人潮就有錢潮，必有它的道理存在。雖然秋霞僅只洗衣和修改軍服，但每天生意幾乎應接不暇。在既要做生意又要照顧孩子的情景下，的確讓她忙得團團轉。於是她只好利用晚間孩子熟睡時洗燙衣服，白天則邊照顧孩子邊搖動著縫紉機修修補補。縱使這份工作相當累人，所賺取的亦只是一點微不足道的蠅頭小利，可是對她來說已相當滿足了。不僅母女的生活費有著落，甚至長年下來還結餘了不少。倘若共軍不再砲轟這座島嶼，時局能持續穩定，往後不愁沒飯吃，更不必煩惱沒錢供給孩子讀書。

時光匆匆，日子在忙碌的生活中度過，孩子則在她細心的照顧下快速地成長，並進入附近的小學就讀。然而，儘管島上尚未遠離砲火，駐軍亦時時加強戰備，但每逢假日，卻出現另一種截然不同的風貌。無論是電影院或是街上的撞球室、飲食店、冰果室，幾乎都擠滿著穿著草綠制服的阿兵哥。當然，其他行業亦不遜色，整個金門島也因此而呈現出一片前所未有的好景象。

縱使秋霞經營的只是單純的洗衣與修改軍服，但來送洗衣服的則有官有兵。尤其是一些俗稱的老芋仔，知道她是寡婦後，更試圖想接近她。其中有防衛部的參謀，有通信營的士官長，有運輸營的補給士……等人，他們各憑本事大獻殷勤。然而，即使她有女性的生理需求，亦有寂寞難忍的時候，但多年的寡居生活她已熬過，亦已習慣。在往後的人生歲月中，她冀求的並非是自己的第二春，而是孩子能快快長大成人。當防衛部的老參謀請她到擎天廳看晚會，她婉轉地回絕；當通信營的士官長好意到福利站幫她買肥皂和洗衣粉，他來改褲子她沒收取他的工資；當運輸營的補給士送她兩罐鰻魚罐頭及兩包口糧，他連續三次來洗衣她都免費優待。她不想佔人家便宜，更不想欠人家人情，寡婦門前是非多啊，她知道這個道理。凡事，她必有自己的定見和堅持，絕不落入左鄰右舍閒談時的話柄，更不會因貪圖人家一點好處而被耍得團團轉。

儘管每天忙得不可開交，但隨著社會的進步與生活環境的改善，秋霞也相當注重孩子的營養健康與身心發展。尤其孩子正值發育期間，在飲食方面更不能過於節儉。也因為她的用心，即將小學畢業的孩子已長得亭亭玉立。有時看到她清秀的臉龐，姣好的身材，豐滿的體態，簡直勝過自己當年千百倍，內心情不自禁地湧起一份喜悅的快意。

雖然夫婿早逝讓她承受不該有的苦難，數年來悲傷的淚水只有往自己的肚裡吞。儘管距離苦盡甘來的日子尚早，可是數年來，她一肩扛起這個家，母兼父職把孩子撫養長大，並沒有對不起他或虧欠他，孩子長大後將是她未來的希望和倚靠。然而，說來卻也有點好笑，當初替孩子取名為美麗，只不過是取一個通俗又好叫的名字，想不到長大後，竟然長得活潑、標致又俏麗，而且很有人緣。但願孩子能人如其名，永遠美麗。雖然孩子在學校的成績並非頂尖，但其個性隨和又外向，萬一誤交損友，後果堪慮，的確讓她有點憂心。

在經年累月的勞累下，秋霞的體力似乎大不如前，除了日漸消瘦，更是頭暈眼花。每次在刷洗衣服的時候，已沒有之前那麼輕鬆，甚至感到有些吃力。幸好孩子日漸長大，已是一個亭亭玉立的小姑娘，而且勤勞儉樸、精力充沛。不但能主動幫她打水及刷洗較為汙垢的衣領，每逢星期假日，更是早早就起床，並主動地開啟店門迎接送洗衣服的客人。其親切有禮的態度，加上長得清秀俏麗，讓客人留下深刻的印象。如此的情景看在秋霞眼裡，內心確實有太多的感慨，亦有說不出的安慰。孩子終於長大了，她長年地辛苦勞累，等待的不就是這一天的到來嗎？於是她微微地搖搖頭，一抹怡悅的微笑，輕輕地掠過她的臉龐，內心的興奮不言可喻。

3

美麗小學即將畢業那年，眼見母親的身體逐漸地衰弱，甚而有每況愈下的情勢。懂事的她竟有不想繼續升學的打算，她必須留在家裡替母親分憂解勞，任憑是打水洗衣做家事也好。她做一樣，母親即可少做一樣，果真如此，才能讓母親有喘息的時間，才不致於讓母親太勞累。可是當她把自己的想法告訴母親時，秋霞竟訝異地說：

「我的身體我自己知道，我撐得住，妳不要替媽擔心。多讀點書將來才有前途，才能成大器。難道妳要和媽一樣，做一輩子洗衣婦嗎？」

「媽，我們家的處境和別人不一樣，我不能眼睜睜地看著妳的身體被生活拖垮。沒有父親的孩子已經夠可憐了，如果再失去母親，我讀再多的的書又有什麼意義。況且，能讀到小學畢業已不錯了，至少已不會成為俗稱的青瞑牛。我必須和妳相依為命，分擔妳的工作，共同撐起這個家。」美麗堅持地說。

「好歹讀完國中再說吧，也可以增加一些知識。」秋霞開導她說。

「不，媽，我不能以妳的健康換取我更多的知識。小學教育雖然只是啟蒙，但若依目前的現環境來說，似乎也可以在社會上立足了。妳看，街上那些受雇於各商家的店員，幾乎都是些小學畢業生，甚至有的連小學都沒畢業就出來做事。但她們照樣招呼客人，照樣做生意，照樣替老闆賺很多錢。」

「可是妳還小啊！媽怎麼捨得妳小小的年紀就必須替我分憂解勞。」

「媽，雖然我年紀尚輕，可是在妳細心的照顧下，把我養得肥肥胖胖又粗粗壯壯的，和我實際年齡可說差很多。相信我一定有足夠的力氣，來分擔妳的工作。」

「美麗，妳長大了，也懂事了。既然妳有這分孝心，媽就尊重妳的選擇。希望妳將來不要後悔才好。」

「媽，我不會後悔，永遠也不會！」

美麗說後，母女倆相視地笑笑。

於是小學畢業的王美麗，正式投身在職場。儘管她才十四五歲，但當她脫下學生制服而穿上時下流行的服裝時，簡直判若兩人。即使頂上仍是清湯掛麵的學生髮型，說起話來亦有一點稚氣，但其體態則顯得極為豐滿，與十七八歲的小姐幾乎沒兩樣。她不僅發育完全，也有一個清純姣好的臉蛋，如果再改變一下髮型，或是稍為化一點妝，還真是一個人見人愛的小美人呢！

有了美麗這個好幫手，秋霞的確可喘喘氣。所有洗燙衣物，大部分都由她一手包辦，而且洗刷得乾乾淨淨，處理得有條不紊，未曾讓顧客嫌棄沒洗乾淨，或是把客人的衣物搞混亂，比起秋霞簡直有過之而無不及。當洗衣店建立起良好的口碑，復加上有一個漂亮的小姑娘替客人服務，在駐軍口耳相傳下，無論洗衣或修改衣服，客源幾乎源源不絕，讓母女兩人疲於奔命，當然也獲取更多的酬勞。

然而在這條熙熙攘攘的大街上，在來來往往的客人中，幾乎都是軍人較多。但是這些阿兵哥，並非人人都來購物或是修改衣服及洗衣。有些純粹是利用休假的機會出來溜達溜達，或看看漂亮的女店員，或跟她們談談天、說說笑，或趁機摸摸她們的小手，吃吃免費豆腐過過乾癮，以慰他們枯燥乏味的軍旅生活。為了生意起見，只要不太過份，似乎鮮少有女店員會拉下臉去得罪客人，頂多是給他一個白眼，再含笑地加上一句：「討厭」，所謂和氣生財嘛，自有它的道理。商場秉持的除了童叟無欺，親切的服務態度和誠信也相當重要，並非個個都是奸商。但同是一種行業，有客人川流不息、財源滾滾的商家，亦有老闆與伙計對看、門可羅雀的店鋪，端看各家的經營手法和店員的服務態度。

縱使美麗在商場上是一個新手，但卻有自己的一套經營手法。儘管賺取的是微薄的工資，則從不與客人計較，甚至與一些經常來往的老主顧也有說有笑打成一片。然而其隨和的個性和親切的態度，加上她做生意的獨特手腕，被一些假正經的商場人士誤以為她三八，也因此而暗中叫她三八阿麗。但是對於那些經常來往的阿兵哥來說，則有不一樣的看法。

當秋風輕吹、秋雨落在這個小島的時候，已略有一點寒意。

那天，美麗穿著時下最流行的黑色ＡＢ褲，配上粉紅色長袖緊身套頭尼龍衫，把她渾圓的臀部，高挺的酥胸，完完全全地顯現出來，讓那些經過她們家店門口的阿兵哥眼睛為之一亮，幾乎個個都想看她一眼，甚而一些較頑皮的充員戰士，還不斷地喊著：「辣！辣！辣啊！」

儘管美麗知道這個辣字的意涵，也知道他們指的是什麼，但她絲毫不以為意。然而，她還是情不自禁地走進室內，站在梳妝台那面大鏡子前，前後左右一照再照，復拉拉貼身的衣服，隨後轉了一圈，露出一絲喜悅卻又得意的微笑。對於今天的穿著，她感到滿意；對自己成熟的身軀，更充滿著自信。辣就辣吧，辣總比不辣好。

不一會，好幾位階級不一的軍人走進來，其中一位少尉誇讚她說：

「小姐，妳今天穿這套衣服，看起來真辣啊！」

「原來是我這套衣服辣，我還以為是我人辣呢。」美麗開玩笑地說。

「不，排長說錯了，」上士面對著美麗，笑著說，「其實妳已夠辣了，但穿上這套衣服更辣！」

「真是這樣？」美麗斜著頭，調皮地反問。

「可不是，這條街就屬妳最辣！」少尉再次地誇讚。

「怎麼個辣法呢？」

「就像我們湖南人人愛吃的小辣椒，辣得夠勁！」那個年紀較大的上尉，突如其來地說。

「小辣椒！好美的名字。」少尉興奮地拍著手說。

「小辣椒！好一個美麗的小辣椒。」上士也跟著拍手起鬨。

於是從此之後，小辣椒的綽號便取代王美麗的本名。而這個別名的由來，除了她穿著火辣，其傲人的身材與成熟的曲線美似乎更辣，真是名符其實的小辣椒啊！然而，隨著年齡的增長，隨著時局的安定，隨著社會的變遷，小辣椒展現的何止只是她的美貌和曲線。當她聲名遠播，財源跟著滾滾而來時，她說服了母親，決定放棄辛勞的洗衣工作，並重新整理門面，轉行開起一家名為「美麗霞」的百貨店。儘管商場如戰場，隔行如隔山，她是否能轉行成功呢？即便多數人都不看好，然則出乎許多人的意料之外，僅憑小辣椒這三個字，生意想不興隆也難啊！慕名而來的豈只是一般的百姓或士官兵，竟連防衛部許多高官，都是她店中的常客。

4

縱然環境能改變一個人，但相對地，人卻也會受到環境的影響而改變。美麗霞百貨店的小辣椒，除了人長得漂亮又豐滿，經過歲月的淬煉，口才便給，招呼客人更有獨到的一面。即使同樣的貨品，她訂定的價錢卻比其他店家還高，可是顧客們並沒有因價錢高而卻步，只要踏入她們家店門，鮮少有空手而歸的。因此，生意可說好得不得了。雖然一些眼紅的同業批評她靠姿色做生意，許多阿兵哥也說她的貨品加了豆腐錢，甚至還有一些不堪入耳的蜚言蜚語。對於那些飛短流長的批評，她始終抱持著聽聽就好的態度，並以一顆坦然之心來面對，未曾與人計較。她始終有一個想法，在競爭劇烈的商場上，若想賺錢，不僅要靠智慧也得靠本事。

「小辣椒。」一位中年軍官走進來，親切地叫著。

「原來是梁參謀啊，好久不見。」小辣椒笑臉相迎。

「中秋節快到了，忙死了。」梁參謀微嘆了一口氣，「明天司令官要到大二擔慰問，他交代要帶半條豬加上五百斤蔬菜犒賞離島官兵。」

「司令官要帶豬肉和蔬菜去慰問？」小辣椒有點不解。

「離島最欠缺的就是新鮮的豬肉和蔬菜。」梁參謀解釋著說。

「你買了沒有？」小辣椒靈機一動，這何嘗不是一個賺錢的機會。於是急促地問。

「還沒有。」梁參謀說。

小辣椒沉思了一下，心中暗自盤算著，半條豬少說也有近百斤重，如果轉手一斤能賺它個二、三元，就可賺取好幾百元。再加上五百斤蔬菜，以每斤賺五角來計算，則可賺取二百五十元。這種舉手之勞、且一轉手就可獲利的生意要到哪裡找。於是連忙說「你去忙別的，豬肉和蔬菜我來幫你買，怎樣？」

「小辣椒，妳別跟我開玩笑了。」梁參謀說著，眼神則瞄著她的胸脯。「中秋節那晚，請妳到武揚參加我們的月光晚會倒是真的。」

「你是說我沒有能力幫你採買豬肉和蔬菜是不是？」小辣椒豈能錯過這個賺錢的大好機會，嬌聲地說。

「這種粗活，怎麼好意思麻煩妳小辣椒。」梁參謀輕浮地拍拍她那白皙的小手。

「我看不見得。你是怕我幫你買貴了，對不對？」

「反正是公家的錢，憑發票報帳，貴就貴，干我什麼事。」

「如果你信任我，就把數量告訴我，我一定幫你辦妥。」

「既然妳小辣椒那麼熱心，就麻煩妳了。」梁參謀以一對異樣的眼神望著她，也不忘拍拍她的手背，「半條豬約百來斤重就可以，蔬菜五百斤上下就行了，要記得開發票。妳準備好，明天一早我派車來載。」

「你們大單位年節採購，不都是有週轉金嗎？」小辣椒並非等閒之輩。

「有啊，每逢年節辦理慰勞慰問，我們都可以向主計處預借週轉金，事後結報再歸墊。」梁參謀坦誠地說。

「那你就先付我一點吧，到時再憑發票結帳。」小辣椒打著如意算盤。

「這有什麼問題，」梁參謀爽快地從公事包取出一疊鈔票數著，「先給妳三千元週轉，到時多退少補。不過話說在前頭，可不能有半點差錯，明天一早我準時來拿。」

「梁參謀，我們認識並非一天兩天了，難道你還不清楚我的為人？」小辣椒撒著嬌，柔聲地說。

「認識那麼久又有什麼用，想請妳看場電影妳都不賞光，讓我這張老臉都掛不住。」梁參謀埋怨著說。

「人家忙嘛。」小辣椒虛應著。此時她心裡盤算的，是那些豬肉和蔬菜能為她賺取多少錢。

梁參謀走後，她趕緊請母親出來照顧生意，逕自往菜市場走去。肉商阿土哥雖是舊識，但聽到如此龐大的數量，竟半信半疑地和她開起了玩笑。

「阿麗，如果妳想吃小辣椒炒豬肉的話，一斤就夠了。」

「阿土哥，我不是跟你開玩笑的啦！不是我要吃，是給大擔島那些阿兵哥中秋節吃的啦。」小辣椒正經地說。

「妳小辣椒真是神通廣大，生意竟然做到大擔島去。而且還撈過界，連豬肉也想賣。」

「除了豬肉外，我還要買五百斤蔬菜呢。」

「半條豬加上五百斤蔬菜，如果再配上妳小辣椒，大擔島上那些阿兵哥，不被辣得蹦蹦跳才怪。」阿土哥仍然半信半疑，再次和她開玩笑。

「阿土哥，我沒時間跟你開玩笑啦。如果你不信，我可以先付你訂金。」

「阿麗，妳真的沒有被小辣椒辣暈了頭？」阿土哥依舊疑惑地。

「坦白告訴你，是防衛部梁參謀拜託我幫他買的啦。」

「梁參謀？」阿土哥重複著，「他之前也曾經來我這裡買過幾次，但以後就沒再來。生意可能被別家搶走了。」

「那正好，我現在幫你搶回來了。」小辣椒朝他笑笑，「你一斤要算我多少錢？」

「豬肉都是公訂價，但看在老主顧的份上，就送妳兩斤五花肉，給妳炒小辣椒吃。」

「阿土哥，你不僅小氣，也很會損人。」小辣椒故作生氣狀，「我到別家買！」說後轉身移動著腳步。

「喂、喂、喂，別生氣、別生氣！」阿土哥趕緊圍住她，「有話好說、有話好說，一斤給妳五毛錢吃紅，再送妳兩斤五花肉炒小辣椒吃。這樣總可以了吧！」

「半條豬是帶骨頭的喲，你可不能亂亂算。」

「這點妳儘管放心，該怎麼算就怎麼算，誰敢惹妳小辣椒！」

「這樣最好！」小辣椒得意地，「阿土哥，你說說看，五百斤蔬菜給誰買較妥當？」

「有沒有指定要什麼菜？」

「只要蔬菜或瓜類都可以。」

「既然這樣，這筆生意就讓我表姐來做吧。」阿土哥說後急促地，「我去叫她來。」

「等一下、等一下，」小辣椒搖手制止，「我看這樣好了，五百斤菜你就替我代買，免得麻煩。不過話必須說在前頭，不能泡水，不能有腐爛的，斤兩要足，價錢要公道，而且多多少少要給我點意思意思。」

「送妳兩顆青椒炒小辣椒好不好？」阿土哥雖有點不屑，但還是陪著笑臉，「誰不知道美麗霞百貨店讓妳賺死了，竟連這點小錢妳小辣椒也不放過，真是的！」

「我吃飽沒事幹是不是？有錢誰不想賺啊！」小辣椒以牙還牙，「如果你不願意，我自己去買，有錢還怕買不到菜，真是的！」

「妳小辣椒的潑辣還真不是蓋的！我今天才真正領教妳的辛味。」

「知道就好，算你沒在這裡白混！」

「不跟妳鬧了，」阿土哥正經地，「梁參謀明天幾點鐘來載？」

「你把豬肉和蔬菜都用竹籃裝好，明早車子來了，我會帶他來拿。多少錢明天一起付，千萬別耽誤人家。」小辣椒囑咐著，卻也不忘說句玩笑話，並比畫了一個誇張的手勢，「要是敢耽誤的話，司令官鐵定會把你抓去殺頭！」

「司令官怕辣，只要小辣椒一句話，凡事太平。」

阿土哥說後，兩人情不自禁地哈哈大笑。

翌日一早，小辣椒帶著梁參謀及兩位士兵來取貨。當他們把貨品搬上車，小辣椒告訴梁參謀說，她會把收據準備好，等他忙完後再來算帳。梁參謀點點頭默許著，她隨後轉身進入阿土哥的店裡。

「阿土哥，該我們來算帳了。」

「急什麼，還怕妳小辣椒跑掉啊！」阿土哥雖如此說，但還是趕緊拿來算盤，只見他手指扒拉扒拉快速地撥弄著，口中也跟著念著，「豬肉一斤十六塊錢，一百一十八斤半一千八百九十六塊。白菜一斤一塊五毛錢，一百二十斤一百八十塊；茄子一斤兩塊錢，一百斤兩百塊；小黃瓜一斤一塊八毛錢，一百斤一百八十塊；冬瓜一斤一塊兩毛錢，一百八十斤二百一十六塊。菜錢是七百七十六塊，加上豬肉錢總共是二千六百七十二塊。拿妳二千六就好，七十二塊給妳走路錢。」

「帶骨的豬肉一斤十六塊，那麼沒有帶骨的呢？」小辣椒不解地問。

「瘦肉、腿肉、五花肉，價格都不同。」阿土哥說。

小辣椒想了一下，心裡已有了腹案。於是她打開皮包，如數付清所有的款項。並故意說：

「你給我發票，豬肉和蔬菜要分開寫，我好跟梁參謀算帳。」

「妳小辣椒又不是不知道，我阿土是一個目不識丁的屠夫。我拿兩張空白收據給妳，妳自己去寫。」

阿土哥如此一說，正中小辣椒的下懷。回到家後，她拿起筆重新算了一下，決定每斤豬肉加兩塊，每斤蔬菜加三毛，如此一來，她一轉手即可賺取三百八十七塊；加上阿土哥給的七十二塊，將近四百五十塊。這筆錢足可買一只兩錢重的金戒指。於是小辣椒眉開眼笑地把品名、數量、單價、總價清清楚楚填寫在發票上，而且字跡工整又清秀，相信梁參謀是不會有意見的。

事隔兩天後，果真，梁參謀笑嘻嘻地來了。

「小辣椒，想不到妳真那麼能幹。這一次無論豬肉或蔬菜，可說都是歷年來最好的一次。豬肉不像以前那麼肥，蔬菜也是新鮮貨，不僅長官滿意，大擔島的官兵簡直高興死了！」

「梁參謀，你是知道的，生意人幾乎都是唯利是圖，如果沒有我親自到市場去挑、去選，那能買到這些新鮮貨。說不定籃上裝的是新鮮品，籃下則是一些腐爛貨。尤其是豬肉，要不是我精挑細選再三要求，那能買到那麼好的肉品。現在總算對你有個交代了。」小辣椒說後，微微地笑笑。

「謝謝妳的幫忙，改天我請妳吃飯看電影。」

「你不要假好心，」小辣椒故意以不屑的語氣說：「你明明知道我們這個地方較保守，和軍人一起去吃飯看電影會被人說閒話，你還偏偏說要請我吃飯看電影。」

「那有那麼嚴重，嫁給軍人當老婆的金門小姐多得是。」梁參謀意有所指。

「我們不談這些，先算帳才重要。」小辣椒把收據放在他的面前，並一一地向他說明：「豬肉一斤十八塊，一百一十八斤半是二千一百三十三塊。白菜一斤一塊八毛，一百二十斤是二百一十六塊；茄子一斤兩塊三毛，一百斤是兩百三十塊；小黃瓜一斤二塊一毛，一百斤是兩百一十塊；冬瓜一斤一塊五毛，一百八十斤是兩百七十塊。菜錢是九百二十六塊，加上豬肉錢二千一百三十三塊，總共是三千零五十九塊。扣除之前先付我的三千塊，你還要再給我五十九塊。」小辣椒說後抬起頭，「你算算看，對不對？」

「對、對、對，妳小辣椒向來精明，怎麼會算錯。」梁參謀把收據折好放進上衣口袋，並取出一百塊錢遞給她，「四十一塊不要找了，就做為妳的走路費。」

「梁參謀，你真愛說笑，我小辣椒不是一個見錢眼開的女人。俗話說親兄弟明算帳，該找你的錢就必須找你，我怎能貪圖那點小便宜。」說後從小皮包裡取出零錢找他。

「這怎麼好意思，讓妳白忙一場。」梁參謀不疑有她，不好意思地說。

「沒什麼啦，舉手之勞，以後如果有需要我幫忙的地方，你儘管說，千萬別客氣。」

「我在防衛部管的是慰勞慰問，每逢年節簡直忙得不可開交。有妳小辣椒這個朋友真好，以後像這種事可得請妳多幫忙，免得我浪費時間和金錢，花錢買些爛貨再挨長官罵。」梁參謀坦誠地說。

「只要你梁參謀一句話，我義不容辭啊！」小辣椒心中一陣暗喜，想賺錢不難，必須看看自己有沒有那個頭腦和本事。

5

對於女兒做生意的手法，秋霞似乎有些不認同。

「我說美麗啊，做生意除了童叟無欺外，也要規規矩矩。我看妳每天和那些阿兵哥嘻嘻哈哈的，會被人家笑說是三八。」

「媽，我們現在做的幾乎都是阿兵哥生意，而那些阿兵哥在軍營過的則是枯燥乏味的生活。他們難得放假出來看場電影或買些東西，甚至順便找女店員聊聊天，紓解一下緊繃的情緒，這些都是很正常的行為。尤其在競爭劇烈的街上，誰家的服務態度好，誰家的店員較親切，即使賣的東西稍為貴一點，生意照樣上門。如果店員成天繃著一張苦瓜臉，對那些阿兵哥不理不採，儘管貨物比人家便宜，也吸引不了顧客上門。我們家的生意有目共睹，它靠的就是我們親切的服務態度。媽，做生意有時也必須靠機會啊，一旦錯過機會，生意絕對不會主動上門來。」

「妳是一個未出嫁的姑娘，我是怕人家說閒話啊！尤其是防衛部那些上了年紀的老參謀，和他們講話要有分寸，別讓他們誤以為妳是一個隨隨便便的女孩子而想入非非。」秋霞有所顧慮地說。

「媽，妳放心。我之於會和他們閒聊，純粹是想利用他們的資源，為我們家爭取更多的生意。就比如中秋節那批豬肉和蔬菜，只跑了兩趟菜市場，就賺了將近四百五十塊，它憑藉的就是平日的人際關係。這種不用本錢的生意，可說打著燈籠也找不到啊！」

「我知道妳有做生意的頭腦，但這個社會就像是一個大染缸，尤其妳是一個女孩子，必須時時加以警惕，將來才不會吃虧。」秋霞苦口婆心地叮嚀著說。

「媽，我知道妳的用心，對於別人的看法，我一點也不在意。人家說我三八就三八，叫我小辣椒就小辣椒。反正嘴長在人家的身上，愛怎麼說、愛怎麼叫，隨他們便，唯一的是妳必須相信我。」

「我知道這幾年來，妳拋頭露面不辭辛勞、一心一意做生意，全都是為了這個家，也替這個家賺了不少錢，的確是苦了妳。」

「這是我應該做的。」美麗眼眶微紅，「只要媽健康快樂，再苦我也願意承受。但願往後我們母女能無憂無愁，過著幸福快樂的時光。」

「妳年紀也不小了，我倒希望妳能找個好婆家，快快嫁人。」秋霞關心地說。

「如果真有那麼一天，我不會放著妳不管的，況且緣分還未到。我現在什麼都不想，唯一的就是做生意賺錢，以及照顧妳的生活起居。只要妳健康快樂，就是我最大的福份。」

母女正聊著，三位阿兵哥相繼走進來，一位是張良山，另一位是林進豐，走在後面的是李火旺，他們都是通信營的大頭兵，亦是她們店裡的常客。也因為他們的到來，而中斷母女倆的談話。秋霞緩緩地走進屋內，生意則由美麗獨自招呼。

「嗨，小辣椒，好久不見。」張良山一踏進店門，就大聲地嚷著。

「小辣椒是你叫的嗎？沒禮貌。」小辣椒故裝生氣，「快叫大姐！」

「小辣椒大姐。」張良山故意地。

「大姐就是大姐，為什麼還要加上小辣椒？」

「因為大姐辣啊！」林進豐插著嘴。

「我什麼地方辣？」小辣椒指著他說。

「妳全身每個地方都辣。」林進豐說後伸了一下舌頭。

「怎麼個辣法？」小辣椒逼人地問。

「如果我能說出小辣椒怎麼個辣法，那小辣椒就不夠辣啦！」

「漂亮！」李火旺拍了一下手，「這句話說得太漂亮了。我們心中的小辣椒，只供觀賞，不能品嚐。至於怎麼個辣法，只有小辣椒自己最清楚。」

「看你們三個人，盡說些沒有營養的廢話。再不收斂一點，就叫你們營長把你們關起來。」

「我們營長是湖南人，他曾經說過：小辣椒比一般辣椒還要辣，所以見到小辣椒他就沒轍。難怪他會聽妳的話，叫他關誰就關誰。」張良山說。

「聽說我們營長請妳看過電影，有沒有這回事？」林進豐低聲地問。

「看你的大頭啦！」小辣椒激動地說，並順手拿起桌上的蒼蠅拍，直往他頭上拍下去，「別說你們營長請我看電影，司令官還請我吃過飯呢，你以為本姑娘是誰呀！」

「今天才真正領教妳小辣椒的辣勁，小辣椒的聲名果然是名不虛傳啊！」林進豐摸摸頭，笑著說。

「知道就好！」小辣椒得意地，「在本姑娘面前最好正經點，要是敢再說些五四三的話，別怪我蒼蠅拍下不留情。你們也不睜大眼睛看看，你們營長今年幾歲啦，我會看上一個老頭子嗎？真是不識字兼沒衛生！」

「想不到妳小辣椒還真有眼光，將來如果要嫁人，也要找一個年紀相當的才適配，千萬別被那些可以當妳老爸的大官騙了。」張良山說。

「我會那麼沒知識嗎？」

「難道妳不覺得經常在妳們店裡走動的那些大官，一個個都有一副豬哥相嗎？他們存的是什麼心，貪圖的又是什麼，明眼人一看就知道。」李火旺接著說。

「我們家是做生意的，只要上門來，都是客人，我們沒有不歡迎的理由。就像你們一樣，還不是經常來。你們存的是什麼心？貪圖的又是什麼？」

「我們是來買東西的啊。」林進豐說。

「何以見得？」小辣椒不屑地，「有時還不是來消遣我幾句，叫一聲小辣椒你們也高興。對不對？」

「說真的，來到美麗霞百貨店的軍人，不管是兵還是官，幾乎都是為了想看妳小辣椒而來的啦。」張良山說。

「我有那麼大的魅力嗎？」

「當然有！」李火旺興奮地，竟當著小辣椒的面，低聲唱起：

有一位女郎真窈窕，高聳的胸脯蛇般腰，新型的頭髮聳後腦，好像喜鵲尾巴翹。

有一位女郎真窈窕，高跟皮鞋長旗袍，走起路來擺搖搖，好像風吹就要倒。臉上搽香粉，嘴上塗唇膏，眉毛畫兩條。香水身上澆，香風處處飄，傷風也聞到。

縱然是晚上走街道，太陽的眼鏡不可少，瑪麗蓮夢露來比較，看來不如她風騷，看來不如她風騷。

李火旺唱完後竟雙手插腰，並搖擺著臀部說：「我們心中的小辣椒，最迷人的地方就是：高聳的胸脯蛇般腰。」

「肉麻！」小辣椒不屑地白了他一眼，但看到他如此的動作，卻也差點笑出聲來。

「小辣椒豈止只有高聳的胸脯蛇般腰，瑪麗蓮夢露不如她風騷才是重點。」林進豐接著說。

「林進豐，你說錯了，小辣椒不是騷，而是辣！」張良山作了補充。

「你們三個不知長進的東西，再鬧下去我叫憲兵來！」小辣椒故作生氣狀，「要買什麼東西快點買，不然的話，等一下本姑娘就用掃帚把你們掃出去，由不得你們在這裡撒野！」

「大姐，妳請息怒，小辣椒已夠辣了，一旦生氣勢必火辣，再生氣就是潑辣。如果太辣，一定傷身，到時該大的地方變小，該細的地方變粗，再也不是高聳的胸脯蛇般腰，而是扁平的胸脯水桶般的腰。」李火旺以誇大的手勢比畫著，小辣椒情不自禁地笑出聲來。

「別鬧了、別再鬧了。」小辣椒終於變成青椒，一點辛辣味也沒有，只好央求他們說：「拜託、拜託，別再鬧了，再鬧下去其他客人都不敢上門了。你們準備買什麼快說？」

「買小辣椒。」林進豐話剛說完。

「欠打！」小辣椒再次拿起蒼蠅拍，毫不留情地朝他的頭上打下。

「輕一點，」林進豐撫了一下頭，皺著眉頭說：「痛啊！」

「你不是練了鐵頭功嗎？」小辣椒消遣他說。

「鐵頭功再怎麼說，也沒有妳小辣椒的厲害！」李火旺替他回答。

「告訴你們啦，別想吃本姑娘的豆腐！」小辣椒神氣地，「要買什麼快點說，看在老主顧的份上一定會算你們便宜。」

「算了，」張良山有點不屑，「誰不知道妳小辣椒賣的東西特別貴。很多人都說、都說，都說妳每種貨品都加了豆腐錢……。」張良山說後看了她一眼，拔腿就往外面跑。

「有種不要跑……。」小辣椒好氣又好笑，怒指著他說。

不錯，她承認自己賣的東西比其他商家貴，但並非很離譜，可說都在合理的範圍內。其他商家為什麼會賣得較便宜，其一是惡性競爭，其二是打擊同業，看別人生意比自己好，故意壓低價錢來吸引客人。然而這種招數並非長久之計，做生意本來就是為了要賺錢，要不，又何必那麼辛苦。

若以商業成本會計來計算，實際上所賺取的毛利是有限的，其中又必須扣除店租、營業稅、水電費、店員薪津……等等費用。即使有些是自家的店鋪和人手，可是又有誰不想賺錢呢？況且，賺錢有時也是一種機會，當機會來臨時倘若不懂得把握，一旦錯過後悔就來不及了。至於生意是好是壞，則必須視各人的經營手法來論斷。當然，機運也相當重要。而萬萬想不到張良山這個混小子，竟然說她的貨品加了豆腐錢，真是莫須有的指控。雖然她知道這些台灣兵喜歡開玩笑，但此「豆腐」非彼「豆腐」，她何嘗不知道這兩個字的意涵。他們以小辣椒來比喻她豐滿的身軀，卻又經常藉此說些五四三的輕浮話，這分明就是吃她的豆腐嘛，不然，又是什麼呢？

於是她心裡暗中罵道：張良山，李火旺，林進豐，你們這些人全給我記住！既然認為本姑娘在貨品上加了豆腐錢，以後就少吃本姑娘的豆腐，要不，連本帶利一起討回，看你們以後還敢不敢！

6

小辣椒不僅長相甜美清麗，更喜歡穿緊身的衣褲來凸顯自己的好身材，難怪會引起那麼多人的注目。除了那些年輕無聊的阿兵哥與防衛部一些老參謀經常出現外，竟然還有多位三朵梅花與一顆星星的高官慕名而來。

坦白說，那些年輕的充員戰士因放假無聊，找找年齡相當又可愛的女店員有謅一番，排遣一下寂寞的軍旅生活是極其自然的事。但對於那些未婚的老參謀，因想昏了頭而有癩蝦蟆想吃天鵝肉的念頭則值得同情。惟獨那些有家有眷的高官，見到漂亮小姐就流口水的行徑不可原諒。尤其像小辣椒這種頗具姿色的小姐，即便可以做為他們的子女，但他們還是會尋找機會，或利用關係來接近她們。其目的外人雖不得而知，可是他們自己的心裡卻相當清楚。

那天，一部掛著將星旗幟的吉普車停在美麗霞百貨店門口，下車的是一個身材矮胖的將軍。只見他頭髮三七分邊，抹著丹頂髮腊，貼在頭皮上的髮絲在燈光的映照下反射出一道耀眼的光芒，以及一股刺鼻的髮腊香。這或許就是他故意不戴軍帽的原因。而腰間的銅環，足蹬的皮鞋，其亮度足可與頂上的髮絲相輝映，這無非是傳令兵的功勞。

起初，小辣椒因忙於生意，並沒有注意到大官的蒞臨，直到他走進來而其他阿兵哥及老主顧林少校相繼走避時，她才看清這個頭髮梳得光光亮亮，草綠軍服漿燙得筆挺筆挺，小腹微凸的軍人，竟是一顆星星的大官，的確讓她有點訝異。可不是，自從美麗霞百貨店開張以來，前來光顧的軍人可說不計其數，甚至還有三朵梅花的上校，想不到此時竟然將軍也上門啦，真是難得啊！不管他是來買東西，或只是進來閒聊幾句，都是她們家的光彩，小辣椒暗喜著。

「長官，你好。」小辣椒禮貌地向他打招呼。

「生意好嗎？」將軍親切地問。

「託長官的福，還可以。」小辣椒謙虛地說。

「聽說全街上的百貨店，就數妳們家生意最好。」

「沒有啦。」小辣椒微微地笑著，清麗的臉龐隨即浮現出兩個迷人的小梨窩。

「妳還有一個很好聽的綽號叫小辣椒，是嗎？」將軍眯著一對色瞇瞇的三角眼問，眼神則停留在她高聳的胸脯上。

「阿兵哥愛開玩笑，他們亂亂叫。」小辣椒臉頰有些熾熱。

「妳不在意嗎？」

「沒關係，他們愛怎麼叫就怎麼叫。生意人嘛，顧客至上，我非僅不會在意、也不會跟他們計較。」

「對，和氣才能生財嘛，難怪妳生意會那麼好。」將軍說著說著，色瞇瞇的眼神，又一次地掠過她的胸脯。

「謝謝你的誇讚。」小辣椒向他點點頭，並禮貌地說：「長官要不要坐一下？」

「不了，我還有事，路過這裡，順便來買一瓶丹頂髮腊。」

小辣椒從玻璃櫃裡取出丹頂髮腊，遞給他說：「是不是這種？」

「對，就是這種，就是這種，一瓶多少錢？」將軍在接過髮腊時，不知是有意或無意，卻輕碰了她一下手，而後以曖昧的眼神瞄了她一眼。

「算長官十五塊就好。」小辣椒不敢抬高價錢。

「以前都是傳令兵幫我買的，他說一瓶二十塊啊。」

「二十塊是零售價，十五塊是成本，難得將軍親自來買，是我們店裡的光彩，我怎麼好意思賺你的錢呢。」小辣椒惟恐自己賣的東西太貴，趕緊解釋著說。

「做生意就是要賺錢嘛，」將軍掏出二十塊，拉起她的手，硬把錢放在她的手裡，而後輕輕拍拍她的手背，「怎麼能讓妳吃虧。」

小辣椒一時感到錯愕，即使她經常和那些阿兵哥有說有笑，甚至再怎麼尖銳的玩笑話她都能接受，但是，就沒有一個人敢拉她的手或碰觸她的身體。而眼前這位大官，難道不知道男女授受不親這個道理？儘管他有誠意要付錢，何不把錢放在櫃台上就好，怎麼能用這種不得體的動作？或許是基於長輩愛護晚輩吧，自己又何必想太多。

「長官太客氣了。」小辣椒禮貌地說，並沒有把錢快速地放進抽屜裡。

將軍含笑地看看她，而後拿著髮腊緩緩地移動腳步，當皮鞋在地上發出刷刷的響聲時，毋忘回頭再看看小辣椒一眼。而從他的眼神中，似乎不是一道慈祥的光芒，而是有一股玩世不恭的意味。

「長官慢走，有空再來坐。」小辣椒禮貌地向他揮揮手。

當將軍刷刷地走出店門，也同時引起左鄰右舍的側目，莫不紛紛投以羨慕的眼光。小辣椒真有一套啊，竟連一顆星星的將軍也上門了，那可不是開玩笑的，難怪她生意會那麼好。

可是，當剛才林少校為迴避將軍而避開、此刻再度回到店裡時，對將軍則有不一樣的看法。他問小辣椒說：

「妳認識剛才那位少將嗎？」

「不認識，第一次見面。」小辣椒據實說。

「他是政戰部副主任。」

「你怎麼知道？」

「同是防衛部嘛，我怎麼會不知道。」

「將軍出門，不都有腰繫手槍的侍從官跟隨保護嗎，這位少將副主任怎麼沒有？」小辣椒不解地問。

「並非每位將軍都有侍從官。同樣是少將，主任有秘書、侍從官、傳令兵、駕駛，副主任則只有傳令兵和駕駛，差太多了。主任還同時兼任金門戰地政務委員會秘書長，縣政府以及下屬單位所有的官員都是他管的，權力可大囉。」林少校解釋著說。

「原來這樣啊。」小辣椒訝異地，「那麼剛才那位將軍呢，他是管什麼的，管得到縣政府嗎？」

「他只看看政戰部幕僚單位的公文，管不到縣政府。」少校說後，竟話鋒一轉，「說起這個副主任，防衛部幾乎很多人都知道，他嗜酒又好色，品行不好。」

經他一說，小辣椒才意會到，剛才將軍拉起她的手，並非純粹是付髮腊的錢，自己被吃豆腐竟不自知。但她並沒有把那幕情景告訴林少校，僅只記在心裡，警惕自己。

「人，的確有千百種，有時從外表是看不出來的。我還以為大官有高人一等的品德呢。」小辣椒不屑地說。

「雖然部屬不該批評長官，可是有些長官的行徑，確實讓人不敢苟同。他只要三杯黃湯下肚，其豬哥的原形就畢露。有家有眷的人，除了對康樂隊那些小姐毛手毛腳外，聽說在台灣還有一個姘頭。像這種長官，如何能讓部屬尊敬。」

「你怎麼會對他那麼瞭解？」

「好事人不知，壞事傳千里。當年他當師主任時，我們處長是參三科長，對此君的為人可說瞭如指掌。」林少校說後笑著，「像妳小辣椒這麼漂亮的小姐，可得當心啊！」

「我只是一個普普通通的生意人，又不是康樂隊的小姐，有什麼好擔心的。」小辣椒不在意地說。「況且，他今天純粹是來買髮腊的。」

「如果我沒猜錯，他一定是心儀妳小辣椒，專程而來的。如果純粹是買髮腊的話，由傳令兵或駕駛兵代勞就可以了，也用不著堂堂少將親自出馬。妳仔細想想，自從妳們美麗霞百貨店開業到現在，有幾位將軍親自來光顧的？」林少校說。

「實不相瞞，今天是第一次碰見。」

「他是不是知道妳叫小辣椒？」

小辣椒微微點點頭，默認著。

「妳小辣椒完蛋了。」林少校竟開起玩笑，「妳被他相中了，以後絕對還會再來。」

「我們是做生意的，只要來買東西，我們沒有不歡迎的理由。」

「過幾天絕對會再來，但不是來買髮腊，而是來買牙膏或牙刷。妳小辣椒信不信？」

「你好像能未卜先知似的。」小辣椒疑惑地說。

「不信我們來打賭！」林少校語氣肯定。

「管他的，只要來買東西就好，大官小兵都一樣。」小辣椒不在乎地說。

「我是好意提醒妳，可別在將軍面前說我壞話。」林少校開玩笑地說。

「謝謝你的提醒，我不是那種人啦！」小辣椒嚴肅地說：「況且，他只是來買東西，我跟他又不熟。對於他的種種，我還是從你口中得知的。生意人嘛，以和為貴，凡上門的都是客人。至於他們家的事，我們管不著。」

「妳的話雖沒錯，但別忘了，人心險惡啊！」林少校好意地提醒她說。

「謝謝你再三地提醒。可是將軍是否會如你所說再度光顧本店則是未知數，我們又何必庸人自擾呢？」小辣椒抱持著坦然的心胸。

然而，當林少校走後，小辣椒卻也對他的話有些懷疑。將軍是否真如他所說的那麼不堪，他並沒有親眼目睹，只是耳聞而已。坦白說在軍中能升上少將談何容易，倘若他的品德操守真如林少校所言，國防部的長官怎會提拔他。莫非林少校和他有什麼過節，才會無緣無故在她面前批評人家。反正她純粹是生意人，別人的恩怨跟她毫不相干，沒有事實根據的話聽聽就好，賺錢才是她置身在商圈的真正目的。如果多幾個像梁參謀那樣的主顧，或是生意能源源不斷歷久不衰，不出幾年工夫，她就有足夠的能力把這棟老舊的店屋改建成樓房，並把美麗霞這塊招牌發揚光大，以報達母親養育之恩。

7

果然不出林少校所料，三天後將軍的座車又停在美麗霞百貨店門口。當將軍刷刷的皮鞋聲在店裡響起時，小辣椒正低著頭替兩位阿兵哥結帳。

「忙啊，小辣椒。」將軍竟主動和她打招呼。

「原來是副主任啊。」小辣椒禮貌地向他點點頭。結完帳的阿兵哥見到是將軍，拿著物品一溜煙不見人影。

「妳小辣椒真是神通廣大啊，竟然知道我是副主任。」將軍興奮地說。

「你是曉得的，我們做的幾乎都是阿兵哥生意。雖然之前我只知道你是將軍，卻不知道你的職稱。但只要記住你的車號稍為打聽，就知道你是防衛部副主任，而且還是首席呢。」小辣椒笑著說。

「厲害，」將軍輕輕地拍拍她的肩，眼神則瞄著她高聳的胸脯，而後笑瞇瞇地說：「不愧是小辣椒啊！」

「副主任需要什麼嗎？」小辣椒改變話題問。

「路過，順便來看看妳。」

「要不要坐一下？」

「不了，妳沒看到嗎？我一進來，小兵都跑光了；再坐下去，妳生意也別想做了。」將軍笑著說。

「說來也是，那些阿兵哥見到憲兵幾乎都怕得要死，別說是你這種大官。」小辣椒說。

「好了，來看看妳就好。」將軍又輕輕地拍拍她的肩膀，眼睛瞄的依然是她的胸脯，「改天擎天廳有晚會時，我專車來接妳去看。」

「擎天廳也是你管的啊？」小辣椒訝異地。

「我管的可多著呢。」將軍神氣地說：「防衛部凡是有女人的單位都是我管的。比如女青年工作隊、心戰大隊播音站、康樂隊、福利站、軍中樂園……等等，甚至台灣來勞軍的明星歌星也是歸我接待的。那些漂亮的明星歌星我看多了！」

「官大權勢也大，管那麼多事一定很辛苦。真厲害。」小辣椒羨慕地說。

「如果有需要我幫忙的地方，妳小辣椒儘管說。我說得到就辦得到！」

「謝謝你，副主任，認識你真好，也是我們家的光彩！」

「看妳小辣椒這張櫻桃小嘴，多甜啊！」將軍說著說著，竟伸手輕輕擰了她一下臉頰，「尤其是妳這個小臉蛋，多麼像歌星白嘉莉啊！」

小辣椒被這突如其來的舉動愣了一下，雙頰一陣熾熱，不知如何是好。

「別不好意思，」將軍又拍拍她的肩，「我說的都是真心話。」

「謝謝副主任的誇讚，憑我這副模樣，怎能跟白嘉莉相比。」小辣椒不好意思地說。

「即便不能跟白嘉莉相比，但在金門像妳這麼漂亮豐滿又善解人意的小姐又有幾個？」將軍睜大雙眼，上上下下打量了她好一會，而停留最久的卻是她高聳的胸脯。

小辣椒羞澀地低下頭。

「小辣椒，妳別那麼拘束好不好。」將軍拉起她的手，在她的手背上輕輕地拍拍，「不要怕，我跟那些沒知識的小兵不一樣。他們見到漂亮小姐盡說些沒水準的話，甚至動手動腳猛吃人家的豆腐。我官階這麼高，年紀也一大把了，陪我聊聊天、說說話，又有什麼大不了的。把身段放自然一點，不要那麼拘束嘛！」

小辣椒尷尬地笑笑。

然而，縱使她馳騁商場多年，做的幾乎都是阿兵哥生意，而這些小兵一旦上門，無論是要爭要辯或是討價還價，豈是她的對手，從他們身上賺取的金錢可說不計其數。儘管許多阿兵哥都是仰慕小辣椒之名而來的，上門後除了買買東西，也經常跟她開開玩笑或說些尖酸刻薄的話，但僅侷限在語言上，未曾有人敢像將軍這樣，既拍她的肩又拉她的手，甚而以一對異樣的眼光來打量她的身軀。難道將軍真如林少校所說的那樣，是一個好色之徒？果真如此，這種行為有差池的小人，勢必不好應付。小辣椒想著想著，內心除了有點懼怕，卻也有無可奈何之感。

在小辣椒單純的想法裡，原以為將軍的上門是美麗霞百貨店的光彩，但卻適得其反。雖然不能以引狼入室來形容，然若因此而造成自己的困擾，的確是她始料未及的。尤其當阿兵哥見到將軍的座車停在店門口下車走進來時，莫不紛紛避開，對生意來說不無影響。雖然今天是他第二次上門，但與上次來買髮腊則不一樣，盡是閒聊而已，而且說的都是一些較輕浮的話，與他將軍的身分似乎不怎麼搭配。

拋開這些不說，她只是一個純粹的生意人，那有那麼多時間陪他閒聊。可是繼而一想，在這個以軍領政的年代，即便將軍只是防衛部副主任，無權直接管老百姓，然他依舊能透過種種關係，整整平民百姓或許是輕而易舉的事。更何況縣長是軍派，主任秘書、黨部主委及警察局長都是軍職外調。而這些人的軍階均為上校，不管將軍的操守或風評如何，若以軍中的倫理而言，只要他以少將之姿親自出馬，那些階級較低的官員，或多或少總得給他一個面子吧。故此，這種大官誰也得罪不起。

將軍在美麗霞百貨店盤桓了好一陣子才離去。若以生意人的眼光來看待，他的到來並沒有替店家帶來商機，反而是那些阿兵哥見到將軍就像見到鬼一樣，一個個都主動地避開或走遠。如此一來，還有什麼生意可做，小辣椒的確是看在眼裡痛在心裡，可是又能奈何呢？總不能把他趕出去吧。萬一他三不五時就來一趟，她豈有那麼多時間陪他閒聊，屆時也許將是美麗霞百貨店噩夢的開始。因此，小辣椒內心所感的再也不是光彩，而是有些厭煩。

可不是，駐守在島上的十萬大軍中，將軍只不過區區二十餘人而已，卻又經常因公返台開會或其他公務，甚至每屆三個月就可返台休假十天，因此在地區的消費金額畢竟有限。唯有數萬小兵形成的人潮，才能真正為她帶來錢潮。更何況年輕的小兵喜歡胡鬧沒有心機，而將軍葫蘆裡到底賣的是什麼膏藥，她則茫然無知。

果真小辣椒沒猜錯，將軍三不五時就藉故上門來閒聊，拉手拍肩更是常事，甚至有一次還碰觸到她的臀部，萬一被人看見，不知該如何解釋才好。有時她不得不請母親出來相陪，以免遭人誤解。然而，一旦老人家出現，將軍隨即有不悅的表情，的確讓小辣椒感到前所未有的困擾。

某天，將軍的座車又停在小辣椒店門口，但下車的並非將軍而是駕駛。

大凡在軍中待過的人都知道，高官的侍從官和駕駛兵，其神氣的模樣，就猶如是他們主子的分身。除了氣勢囂張、目中無人，說較難聽一點的根本就是狗仗人勢。惟多數人都不願得罪這些小人，並非懼怕他們。

「小辣椒，今晚七點我們老闆請妳到擎天廳看晚會。」麻子班長開門見山地說，並順手遞給她一張入場券，「妳準備好，我六點半準時來接妳。」

小辣椒看了他一眼，對這突如其來的事宜，不知該如何適從才好。

「怎麼樣，沒意願？」麻子班長有點不屑，「多少人想到擎天廳看晚會都不得其門而入，現在為妳送來入場券，等一下又有專車來接妳，全金門又有那個小姐能受到如此的禮遇？」

「班長，謝謝你啦……。」小辣椒尚未說完。

「謝我幹嘛，是我們老闆叫我送來的，妳應該謝他才對。」

「麻煩你向副主任報告一下，我今晚有事，實在抽不出時間。」儘管到擎天廳看晚會是她長久以來的夢想，但小辣椒還是不敢貿然答應。

「妳不想去？」

「我母親身體不舒服，我必須照顧她。」小辣椒試圖以此為藉口。

「剛才探頭出來看的那位婦人，不就是妳母親嗎？」麻子班長豈是省油燈。

小辣椒點點頭。

「她不是好好的嗎？有什麼地方不舒服？」麻子班長臉色一沉，毫不客氣地說：「如果妳不想去就直說，別他媽的在這裡拐彎抹角的。」

「謝謝副主任的好意，我實在沒空。」小辣椒把入場券遞還給他說。

而萬萬想不到，眼前這個麻子駕駛，竟比他們老闆還凶。

「不識相！」麻子班長不屑地看了她一眼，「別以為妳小辣椒長得漂亮就了不起啦。我們老闆是看妳長得可愛，就像是他的女兒一樣，誠心誠意想請妳去看晚會。妳如果不去，就是不給他面子，就是瞧不起他，後果妳自己負責！」說後轉身就走，甚至還丟下一句，「什麼玩意兒！」

麻子班長走後，小辣椒不斷地想，原以為認識大官是她的榮幸，也會引來許多羨慕的眼光，更會為她帶來無限的商機，可是卻恰恰相反。將軍的出現讓她錯失許多商機，少賺不少錢；而無緣無故拍她的肩、拉她的手，難道不叫吃豆腐？這種悶虧就猶如啞巴吃黃蓮，滿腹的苦水能向誰傾吐，除了往自己肚裡吞，又能說什麼。

今天，即使他是好意相邀，但別人會以什麼樣的眼光來看待、一個女孩子單獨乘坐高官的座車到擎天廳看晚會？人紅是非多啊，一切都怪小辣椒自己吧！而是否也該怪母親賜予她一個姣好的面貌與一副傲人的身材呢？仔細想想，卻也不盡然。倘若她長得普普通通毫不起眼，又有誰會看上她，美麗霞百貨店也不可能有今天這種場面。或許一切都是拜美麗所賜，美麗本身又何錯之有？端看人們是以何種眼光來看待。

身為女人，美是人人夢寐以求的，又有誰願意自己生來就是一個人人嫌棄的醜八怪。即使自己不知道美的定義及審美的標準如何，但從種種跡象顯示，她對自己的容貌和胴體不僅充滿著自信，也相當地滿意。可能也是基於這些因素，始能吸引諸多異性的注意。那些頑皮的阿兵哥以既辣又紅又鮮艷的小辣椒來形容她，似乎並無不當之處。然而，是否會因此而造成自己諸多不必要的困擾呢？儘管她不置可否，但美麗本身非僅沒有罪過，更是所有女性共同追求的夢想和願望，自己又何嘗不是如此呢？

8

美麗霞百貨店門庭若市、歷久不衰，可說是眾所皆知的事。其主要因素當然是店裡有一個部隊輪調時，被阿兵哥列入移交的名女人——小辣椒。然而，小辣椒再怎麼八面玲瓏、神通廣大、交遊廣闊，但終究還是有踢到鐵板的時候。

不知從什麼時候開始，美麗霞店門口經常有憲兵走來走去。他們的職責顧名思義是軍紀糾察，即使阿兵哥係依規定休假，但卻也不願與其剋星碰個正著。倘若被憲兵登記，回到部隊勢必會受到處罰，嚴重者甚至還會被關禁閉。因此，阿兵哥誰也不願意碰到憲兵。倘若不幸遇到，能夠通融者有之，故意找麻煩的則不在少數，拔腿就跑的也大有人在。有時雖然沒有重大的違紀，但只要隨便被記上服裝不整或禮貌不週，雖然只是小小的缺點，卻足夠小兵們膽顫心驚了。

原本生意興隆的美麗霞百貨店，連續好幾天只有小貓兩三隻，幾乎是門可羅雀。眼看生意一落千丈，小辣椒內心急如熱鍋上的螞蟻，但卻想不透憲兵在她們家店門口盤桓的原委是基於什麼？因此，心中不禁有無數個疑問：到底是那一位長官下的命令？或是受到誰的指示？他們為何不到別的地方，而偏偏選擇在她們家店門口？這種擾民與影響店家做生意的不當手法，難道是憲兵該有的行為？她越想越氣，越想越不是滋味，憑她小辣椒三個字，憑她的人際關係，怎麼會淪落至此，簡直窩囊到了極點。

可是仔細地想想，她所認識的那些人，多數均為顧客，而且幾乎都是小兵較多，平日較有互動的只有梁參謀及林少校。雖然也認識好幾位中上校軍官，甚至還有官拜少將的副主任，但從他們的眼神和言談間，幾乎都圍繞在她的容貌及身材上。他們心存的是什麼，彼此心裡有數，並非她大言不慚，說白一點就是想吃她的豆腐。譬如那位副主任雖貴為將軍，但每次見面，那對色瞇瞇的雙眼就緊緊地盯著她的胸脯，時而還拉手拍肩，甚至趁她不注意時還故意碰觸她的臀部。她已是一個身心及思想均已成熟的女人，別人有任何不軌的行為或舉動，她焉有看不出來之理。

幸好，自從她婉拒到擎天廳看晚會後，已不見將軍的蹤影，如此一來，可減少她諸多的困擾。在店裡購物的阿兵哥，也不會因將軍的到來而趕緊地避開或走遠。可是，走了色將軍，卻來了更惡質的憲兵，這是她始料未及的。而這些憲兵確實有點莫名其妙，她經營的是單純的百貨店，既不是特定營業場所，又未曾有阿兵哥在這裡滋事過，他們每天無緣無故在店門口走來走去，阿兵哥見到他們莫不主動避開，誰還敢上門來買東西。他們如此的動機，究竟是為什麼？小辣椒想來想去就是想不通。

有一天，她把滿腹的委曲告訴來買日用品的梁參謀。

「怎麼會這樣。」梁參謀難以置信，並走到店門口探望了一下。

「你能不能幫我打聽打聽看看，究竟是怎麼一回事。」小辣椒央求著。

「這件事的確有點奇怪。現在又不是演習期間，也沒有高官要來，憲兵在妳們家店門口走來走去，究竟是什麼意思？」梁參謀不解地說。

「我也想不透啊！」

「莫非是妳得罪了他們。」

「到我店裡買東西的客人，可說陸海空三軍及憲兵都有，而且都是一些年輕的充員兵較多。幾乎多數客人一上門，就親切地小辣椒長、小辣椒短，叫不停，甚至有些一進門就和我有說有笑打成一片。說我胸脯大也好，屁股翹也好，要我跟他們到台灣也好，要娶我當老婆也好，開再大的玩笑，我從來不生氣、不變臉。也因為我的個性較隨和，還被人誤以為是三八呢！我自信沒有得罪任何人。」小辣椒信心滿滿地說。

「我知道妳為人處世及做生意都有獨到的一面。但即使妳再怎麼圓融，有時卻也會得罪人而不自知。因為人沒有十全十美的，而且我敢說，妳得罪的不是一般小兵，絕對是有權有勢的大官。也只有大官才有權力命令憲兵在妳們家店門口加強巡邏。」梁參謀分析著說。

「莫非是副主任搞的鬼……。」小辣椒喃喃地。

「妳說什麼？」梁參謀急促地問。

於是小辣椒把事情的來龍去脈，原原本本地說給梁參謀聽。

「我不是在恐嚇妳，這個大官得罪不起！」

「怎麼講？」

「雖然官不小，卻是一個出了名的小人。既嗜酒又好色，見到漂亮女人就流口水，三杯黃湯下肚就伸出狼爪，防衛部又有誰不知道。」

「你說的跟林少校一樣，起初我還不信，以為認識將軍是一種光彩。現在終於明白了，原來是一隻披著羊皮的狼。」小辣椒斬釘截鐵地，「一定是他搞的鬼！」

「很可能。因為他督導政三，政三管的又是軍紀，只要他說某個地方派憲兵加強巡邏，誰敢不聽從。」
「那我該怎麼辦呢？」
「依我看，現在可能只是警告性質而已，或許過幾天就會撤掉。但我還是必須提醒妳，別忘了，現在是軍管時期，雖然不會無緣無故把妳抓走，可是要妳生意做不成不無可能。只要高官一句話，或是隨便羅織一個罪名，把妳美麗霞百貨店列為禁區，那些阿兵哥誰還敢上門來買東西。」
「我知道它的嚴重性。」小辣椒突然想起，「小寡婦開的那家冰果室，之前不知為什麼，竟莫名其妙被列為禁區。很長的一段時間幾乎沒有一個阿兵哥敢上門吃冰。」
「人紅是非多啊，多少高官心儀小寡婦的姿色而在她店裡留連忘返。小寡婦絕對是得罪像副主任這種好色之徒而不自知，最後遭到報復。妳小辣椒的名氣不亞於小寡婦，現在的處境可能跟她差不多。」
「你說我現在該怎麼辦？」
「妳小辣椒想過沒有，防區的將軍少說也有二十幾位，為什麼單單只有副主任一人經常光顧妳們店。如果僅是買一瓶髮腊，傳令兵和駕駛兵均可代勞，何須勞駕將軍親自出馬。」梁參謀搖搖頭，語重心長地開導她說：「小辣椒啊，雖然妳生意做得聒聒叫，但是妳還年輕，不知社會和人心的險惡，從今以後要學聰明一點。記住，駐守在金門外島即使再大的官，有一天勢必也會被調離，像副主任這種好色之徒的小人，能應付就應付應付，最好不要去得罪他們。如果我沒猜錯，以他的個性而言，當他的目的沒有達成而惱羞成怒時，絕對不會輕易放過任何人，而且還會有下一步。我太瞭解他了，不信妳試試看！」

「恐怖，真恐怖！想不到還有這麼恐怖的大官。」

「這個年頭，恐怖的事情多著呢！不過妳也不必太驚恐，冬天來了，春天已不遠。他調來金門已一年多了，過一段時間就會被調走。如果他念念不忘妳小辣椒而再度光臨的話，別忘了請他喝喝茶、陪他聊聊天。只要讓他高興，保證天下太平。」

「坦白說，請他喝茶、陪他聊天倒是無所謂。可是他會因此而滿足嗎？我害怕的是他之前曾拉我的手、拍我的肩、碰我的臀。一旦往後對他太客氣，反而會造成他的誤會，以為我對他有意思。說不定他還會變本加厲，摟我的腰、摸我的胸呢。我倒希望他永遠不要再出現！」小辣椒毫不忌諱地說。

「妳的想法不無道理，所謂江山易改本性難移，他嗜酒好色的本性除非死，否則的話不可能改掉。不要說是妳，康樂隊一些姿色姣好的小姐，可能十個有八個被他吃過豆腐，但又能奈何？一個個還不是只有啞巴吃黃蓮有苦難言！」

「這種人竟能升上將軍，真是沒天理！」小辣椒不屑地說。

「人家懂得逢迎拍馬鑽門路，又有一個老長官當靠山，所以有恃無恐。但是他也不必高興太早，夜路走多總會遇見鬼！」

「算了，不談這隻老狐狸了。」小辣椒看看梁參謀，正經地說：「春節離島慰問的蔬菜和豬肉，不要忘了由我來幫你訂。」

「算了，」梁參謀搖搖頭，「妳現在心情不好，我看不要再麻煩妳啦，我自己來訂。反正妳只是幫我跑腿，一毛錢也沒賺到，再麻煩妳就過意不去了。」梁參謀愧疚地說。

「梁參謀，你這樣講就不夠意思了。我一直把你當大哥來看待，這點小忙我義不容辭啦！難道你是怕我從中揩油？」小辣椒神情嚴肅地說。

「不、不、不，妳小辣椒千萬別誤會。」梁參謀趕緊搖著手說：「我只是不好意思再麻煩妳而已啦！」

「你這麼說，就是見外，就是瞧不起我小辣椒！」小辣椒故裝生氣。

「既然妳願意幫我的忙，我是求之不得啊！」梁參謀說後想了一下，「這樣好了，妳在開發票的時候，就請商家在價格上酌情加一點，好做為妳的跑腿錢。反正錢是公家的，只要不說出去讓人知道就好。」

「這怎麼好意思。」小辣椒看看他，不好意思地說。

「這樣多多少少可以彌補一下妳這段時間所受的損失。」

「梁參謀，你的恩澤我小辣椒永遠記在心上。但豬肉有公定價，蔬菜亦有季節性的時價，我會像之前那樣來採購。除了價錢公道、斤兩足，而且保證都是新鮮貨，絕對讓你和長官以及離島的官兵都滿意。坦白說，平日蒙受你的照顧很多，年節時為你這位大哥跑跑腿也是應該的，我賺不賺錢無所謂啦！」小辣椒慷慨激昂地說。

「說真的，有妳小辣椒這句話我就放心了。我已擬好簽呈，現在正在會稿中，只要主計處和政三組沒有意見，再經過司令官的批准，即可開始作業。到時我會將所需數量告訴妳，由妳來幫我訂購。」

「只要你信任我，我一定盡力而為。」小辣椒打從心底暗自欣喜著，一時竟把那些不如意的事給忘了。

9

美麗霞百貨店受到如此的打壓，看在同業眼裡並沒有太大的興奮。因為在軍管的體制下，不合情理的事情一籮筐，島民無故受到壓制更是常有的事，說不定有一天會輪到自己，反而同情小辣椒的遭遇。然而，儘管小辣椒惡劣的心情一時難以平復，母親秋霞對軍方這種做法亦有怨言，但又能奈何，只有不斷地安慰女兒。

「妳也不必太難過，一輩子要賺多少錢天註定。這幾年來，在妳用心經營下，我們的確賺了不少錢。況且，店屋又是自己的，有生意就多做一點，沒生意正好可以多休息休息喘口氣，不必想太多。」秋霞安慰她說。

「媽，妳不知道，這些人太過份了，簡直欺人太甚。」小辣椒依然氣憤地說。

「妳知道是誰搞的鬼嗎？」

「就是那個一顆星的。」

「這個人看起來不像是一個正派的人。有時我在屋內聽到他跟妳講話時，盡說些不三不四的話，虧他還當那麼大的官，真是不像樣。但是退一步想，我們是商人，做的幾乎都是軍人生意，進出的客人難免較複雜。雖然店裡只有妳一人在照顧，但街上人來人往，諒他也不敢對妳怎麼樣，妳就想開一點，不要理他就是。」

「媽，不錯，我們是做生意的，所謂和氣生財嘛，只要不要太過份，有時忍忍就過去了。但想不到為了不去擎天廳看晚會，他竟然惱羞成怒，用這種卑鄙的手段來對付我們。真是越想越氣！」

「凡事想開一點，尤其在這個軍管的地方，大官的一句話就是命令，我們這些平民百姓又能說什麼呢？唯一的只有認命。別跟他們計較，被劃為禁區就禁區，派憲兵來巡邏就巡邏，生意不做總可以吧，我們照樣有飯吃，看他們能猖狂到幾時！」

「媽，妳比我想得開。」小辣椒苦澀地笑笑。

「人生本來就是這樣，不如意的事十有八九，但要知道提得起放得下這個簡單的道理，才不會掉進痛苦的深淵裡。」秋霞開導她說。

經過好些日子的折騰，雖然小兵怕憲兵，但還有一些不甩他們的軍官和老士官。即使起初的一段時間影響較大，但慢慢地，憲兵已不再在店門口走來又走去，美麗霞百貨店又恢復往日門庭若市的情景，小辣椒更是意氣風發地週旋在客人之中，財源也跟著滾滾而來。然而，有時卻也不能高興太早，有些突如其來的狀況，是秋霞與小辣椒母女倆料想不到的，也是生長在這座島嶼的鄉親想像不到的。

那晚約莫十二點左右，一陣激烈的敲門聲驚醒熟睡中的秋霞母女。

「開門、開門，快開門！查戶口啦！」是副里長的聲音。

秋霞和小辣椒同時起身穿好衣服，心想查戶口就查吧，反正幾個月就會查一次。家裡既沒有外人，也沒有什麼違禁品，又有什麼好怕的，只不過是少睡一會而已。

然而，當小辣椒開啟店門時，其情景則異於往常，除了鄰長、里長、副里長外，之前由駐軍支援的檢查人員，今天卻由三位武裝憲兵取代，並由一位少校軍官帶隊。其中一位憲兵守在店門口，副里長核對戶口名簿，少校帶著兩位憲兵在店內及房裡搜索。其認真的態度與之前僅是核對一下戶口、及在屋裡隨便看看的情況相比，簡直不可同日而語。

只見他們拿著手電筒，從店裡到臥房，從床底到床頭，從櫃子下到天花板上，四處照射不停搜尋；甚至翻箱倒櫃掀起棉被，深恐裡面窩藏著什麼似的，如此之行徑的確未曾有過。

憲兵終於在廚房的碗櫃裡搜尋到一罐用舊報紙包著的豬肉罐頭。

「這罐軍用罐頭從那裡來的？」少校問小辣椒。

「那是很久以前一個老班長送的，我們一直捨不得吃。」小辣椒坦誠地說。

「老班長是那個單位的？叫什麼名字？」少校以嚴厲的口吻問。

「老班長是我們店裡的顧客，是什麼單位的我並不清楚，我們一直都叫他班長，不知道他叫什麼名字。這罐豬肉罐頭是他要調回台灣之前送的。」小辣椒雖據實說，內心卻有一點膽懼。秋霞面對如此的情景，也嚇得直打哆嗦。

「憲兵，」少校對著一旁的憲兵高聲地說：「把她和罐頭一起帶回憲兵隊做筆錄。」

母女倆神情凝重地面對如此的局面，的確有點驚慌失措。

「長官，只是一罐吃的豬肉罐頭而已，又不是槍械或子彈。你就行行好，高抬貴手通融通融吧！」秋霞央求著說。

「妳要知道，這是軍用品！」少校拿起罐頭指著說：「難道妳沒有看到『軍用罐頭不得轉售』這幾個字嗎？妳家藏有軍用品就是違法，如果我不舉發就是犯法。這點妳這個老太婆可要搞清楚！」

「只是一罐豬肉罐頭嘛……。」副里長試圖說項。

「一罐豬肉罐頭難道不是軍用品？民間私藏軍用品被查到難道不犯法？你這個副里長怎麼幹的！」少校怒指他說。

經他這麼一說，鄰長、里長及秋霞母女倆，幾乎都看傻了眼。副里長更是不敢再哼聲。

「帶走！」少校囑咐憲兵說。

「要去我跟你們去！」秋霞氣憤地說。

「媽，妳不要激動，妳在家休息，我跟他們去。一罐豬肉罐頭沒什麼大不了的事，殺不了頭。他們不敢對我怎麼樣的。」小辣椒安慰母親說。

「過份、過份，太過份了！」秋霞怒氣未消地指責他們說。

於是小辣椒紅著眼眶，被帶到憲兵隊。可是並沒有問什麼口供或做什麼筆錄，也沒有把她關進拘留所，只是讓她枯坐在椅子上。當帶她來的憲兵走後，一位值班的老士官好心地為她端來一杯開水。

「妳喝口水。」

「謝謝。」

「如果我沒看錯，妳是百貨鋪的小辣椒。」

小辣椒點點頭，苦澀地笑笑。

「被查到什麼了？」老士官低聲地問。

「一罐豬肉罐頭。」小辣椒據實說。

「沒什麼大不了的事，他們就是喜歡小題大作，耍耍威風。」老士官安慰她說：「又不是槍械或是窩藏匪諜，妳不用怕。」

「謝謝你。」

「不過今天雖然是例行查戶口，但防衛部有一位長官特別指示，有幾戶必須由我們憲兵隊派人加強檢查。」老士官不經意地透露出如此的訊息。

「原來這樣……。」小辣椒喃喃自語地，隨後腦中立即浮現出副主任色瞇瞇的醜陋嘴臉。而梁參謀日前的一席話，也同時在她腦裡激盪著：「如果我沒猜錯，以他的個性而言，當他的目的沒有達成而惱羞成怒時，絕對不會輕易放過任何人，而且還會有下一步。」今晚面對如此的情景，她不得不佩服梁參謀的先見之明。想不到軍中竟有這種敗類！如果純粹因為一罐軍用豬肉罐頭，而被抓去關或被判軍法她也認了，萬萬沒想到用的竟是這種卑鄙無恥的手段。小辣椒咬牙切齒，越想越氣。

翌日清晨，當她在椅上枯坐一晚而略顯疲憊正在打瞌睡時，一聲宏亮的「長官好」讓她驟然間清醒。抬頭一看，出現在眼前的竟是那個卑鄙無恥的副主任。憲兵隊長一見是將軍，趕緊立正站好，絲毫不敢怠慢。

「小辣椒，妳怎麼會在憲兵隊呢？」將軍走到她身旁，神氣活現地假裝關心問。

「報告長官，昨晚查戶口，在她店裡查到軍用品，暫時把她拘留。」隊長趕緊解釋著說。

「查到什麼軍用品啦？」將軍慢條斯理地問。

「報告長官，是一罐軍用豬肉罐頭。」隊長畢恭畢敬地說。

「一罐豬肉罐頭就把人家小辣椒拘留一個晚上，未免有點小題大作吧！」將軍雖然對著隊長說，眼神則瞟向小辣椒。

「報告……。」隊長正想解釋。

「還不快請人家回去！」將軍大手一揮。

「是。」隊長一臉錯愕。

將軍走到小辣椒面前，不屑地看了她一眼，隨後轉身就走。是向她示威？還是示好？抑或是不聽我的話大家就走著瞧！

當他的座車駛離後，憲兵隊則一陣譁然，首先聽到的是隊長的抱怨聲：「他媽的，反情報隊王隊長明明說是他交辦的，現在竟又說這種風涼話，難怪人家說他是老狐狸，真是一點也不錯！」繼而是一位中尉說：「王隊長在電話中還說，一旦在她家查到任何違禁品，除了馬上向他報告，還必須扣物帶人，究辦到底，決不寬貸。現在怎麼出爾反爾，改變主意了。弟兄辛苦了老半天，現在卻搞成這樣，真是窩囊！」隊長又說：「其實一罐豬肉罐頭並不是一件什麼大不了的事，又不是槍械和子彈。如果不是他透過反情報隊特別交代，我們還不是睜一眼閉一眼就派司過去。這隻老狐狸竟然還說我們小題大作，真不知他安的是什麼心？是不是知道這位小姐有來頭，不敢辦？」中尉低聲地說：「她是鼎鼎大名的小辣椒啊！」隊長轉頭一看，心中不禁嘀咕著：「難道將軍嗜辣又怕辣？真是一隻不折不扣的老狐狸。」

小辣椒微閉著雙眼，面無表情地坐在椅上，即使身心感到疲憊，但似乎也看出這齣不上道的戲碼，絕對是將軍自導自演的。如此只有增加她對這隻老狐狸的憎恨，豈會感謝他！想必他亦只是趁機耍耍威風，讓百姓見識到他這個將軍的厲害而已，頗有「順我者昌，逆我者亡」的警告意味。然而，歷經砲火洗禮的王美麗，經過無數挫折的小辣椒，所受的打擊愈多，愈讓她的心智更成熟，意志更堅強。對這個「軍愛民、民敬軍，軍民本是一家人」的社會，不僅看得更透澈，也感到有些諷刺！

可是，並非將軍一句話憲兵隊即可馬上放人，既然已把她抓來，則必須經過做筆錄，並在物品扣留單上簽名，還要里長具保……等手續，始能結案讓她回家。這就是戒嚴軍管時期的戰地金門，一艘孤立於金廈海域的不沉戰艦，一座歷經戰火蹂躪的小小島嶼。可是島民內心所承載的，並非只是共軍砲火的脅迫，而是在軍管時期戰地政務體制下，軍方為了便於掌控居民的生活行動及言論，他們訂定了一套違背憲法精神的單行法，在高層霸權的壓制及命令下，部屬只好拿著雞毛當令箭，用盡各種方法來欺壓平民百姓。或許這種無形的身心折磨與精神虐待，才是他們此生難以忘懷的痛楚……。

10

即便歷經一次次的波折和打擊，但小辣椒並沒有被擊倒，依舊神氣活現地縱橫在商場上。而那隻老狐狸不久即調離金門，由金門防衛司令部高升到陸軍總司令部擔任政計委員。每天不必上班，三個月開一次會，雖然是上級單位，但新職務對將軍來說，毋寧是要他一年後準備退伍。他之於會淪落至此，眾說紛紜，最主要的不乏是酒和女人惹的禍，以及其老長官已長眠在五指山國軍示範公墓。在失去靠山又離不了酒和女人的情由下，終於踢到鐵板，嚐到失勢又遭逼退的憂傷滋味。即使往後將無官一身輕，但已沒有部屬進貢的酒可喝，亦無免費的豆腐可吃。

可是這種軍中敗類，國家則依然要花費人民繳納的血汗錢，按月給他終身俸，甚至當他上五指山陪伴他的老長官，其家屬依然可領半俸。如此之待遇，對於納稅人而言，真是情何以堪啊！或許，軍中和社會一樣，形形色色的人都有，原以為像副主任那種高官，會有高人一等的品格和修養，想不到竟比目不識丁的小兵還不如，真是國家的悲哀啊！國軍還能冀望這種色將軍反攻大陸、收復河山嗎？想必，只有夢想的份了。如今，此君終於遭到報應，這非僅是他咎由自取，也是罪有應得，又能怨得了誰呢？

好久不見的林少校，又出現在美麗霞百貨店。

「小辣椒，妳別每天打扮得花枝招展的好不好？妳已夠辣了，再這樣下去，絕對有人會被辣死！」林少校一見面就跟她開起玩笑。

「再辣也辣不死人，你就別替本姑娘擔憂了！」小辣椒笑著頂了回去。「怎麼好久沒出來了，我還以為調回台灣呢？」

「我不會那麼無情啦，若要輪調回台灣，總得來向妳小辣椒說一聲吧！」林少校笑著說。

「最近忙些什麼？」小辣椒關心地問。

「查戶口。」林少校或許已知道一些端倪，故意說。

「老班長送的那罐豬肉罐頭已被查扣了，如果你準備再查一次戶口，就先送我一罐豬肉罐頭吧！好讓我再一次地到憲兵隊坐坐。」小辣椒開玩笑地說。

「妳還想到憲兵隊喝茶是嗎？如果妳有這個意願的話，我送妳一箱，保證讓妳到軍事看守所吃大米飯，憲兵隊那杯白開水又有什麼好喝的？」

「開玩笑歸開玩笑，說真的，這個年頭有時候話還真不能亂說，大官更不能得罪。」小辣椒嚴肅地說。

「妳的顧慮並非沒有道理。並非我洩密，軍中為了防範匪諜和不良分子滋事，保防單位確實在島上佈下許多眼線。但那些線民素質參差不齊，甚至以為自己了不起，故而，胡亂檢舉密報的有之，挾怨報復的亦有之，百姓稍有不慎，往往會陷入他們的圈套。尤其是那些搞情報、搞保防的，以及一些素質較差的憲調人員，以為自己握有權柄而有恃無恐、恃勢凌人，真正的匪諜抓不到，受到冤枉的一大堆。今天，我願以一個軍人的身分說句公道話，這就是妳們金門人最大的不幸。」

「林少校，有你這位仗義執言的知音，是我們金門人的榮幸。但是，為了還想看到你明年元旦晉升中校，這些較敏感的話題我們以後姑且不談。千萬別讓有心人抓到小辮子，要不，你明年中校鐵定升不成。」小辣椒半認真、半開玩笑地說。

「小辣椒，得一次教訓、學一次乖！想不到妳現在對軍中內部的瞭解，竟是那麼地深入。謝謝妳的提醒啦，明年如果能順利晉升中校，我就請妳到僑聲戲院看電影。」林少校說後哈哈大笑。

「你敢嗎？」小辣椒笑著說，「你不怕遭遇到像老狐狸那樣的命運？他前途黯淡調政計委員，你是前途無亮調部屬軍官。倘使如此的話，你們兩人還真是難兄難弟、寶一對呢。」

「妳小辣椒還真會形容，和他成為難兄難弟我還可以接受，但如果像他那樣嗜酒又好色，天理則難容。果真像他那種豬哥樣的話，見到像妳小辣椒這麼漂亮的小姐，早已想入非非說些肉麻的話，或是趁機吃吃豆腐。我們豈能像兄妹一樣，在這裡無拘無束談得那麼愉快。」

「人，的確形形色色千百種。在我單純的想法裡，以為將軍不僅學問好、操守好，且個個都是驍將。想不到我第一次碰到的大官，竟是一隻披著羊皮的狼，讓我大失所望。」

「之前我說的不假吧。」林少校有些得意。

「現在部隊裡，還有沒有這種將軍？」小辣椒好奇地問。

「少將下來就是上校，再下來不就是中校嗎？坦白說，不管是官或兵，除非妳小辣椒快快嫁人，不然的話，像妳這麼標致的姑娘，絕對會再遇見像老狐狸那種好色之徒。不過妳已經有了前車之鑑，往後必能應對自如。」林少校說後，突然問：「妳有沒有男朋友？」

「沒有啦！」小辣椒雙頰一陣熾熱，羞澀地說。

「男大當婚，女大當嫁，又有什麼不好意思的。看妳臉都紅了！」

「你不知道，有些事情很難講。因為我們做的可說都是阿兵哥生意，接觸的也幾乎都是駐軍。而我的個性又較隨和，穿著也較時髦，為了生意更經常和那些阿兵哥有說有笑，在保守的鄉親眼中，或許認為我有點三八不正經。我們認識那麼久了，你林少校說說看，我像是那種人嗎？可能就是基於這些原因，素質高一點的在地青年沒人敢來追我，媒人也不敢上門來說親。而那些好高鶩遠、好逸惡勞的青年我又看不上眼，所以緣分始終未到。」

「其實部隊裡面也有許多優秀的年輕軍官及士官，只要相互瞭解、情投意合，從其中擇偶也並無不可。」林少校正經地說。

「你說的不無道理，但我不能離開這塊土地。」

「是妳母親的因素？」

「我自小就沒有父親，全由母親母兼父職把我撫養長大。二十餘年來我們母女倆相依為命，從起初幫人洗衣，到現在的百貨店，好不容易奠下這個基業。而母親幾乎都在勞苦中度過每一個晨昏，也因此而讓她的健康每況愈下。我沒有理由不陪伴她在這塊土地過一生。」

「我能體會妳現在的心情。坦白說，有些人為了追求自身的幸福而別離父母拋棄土地，果真如此是不值得鼓勵的。但有些人則與土地衍生出一份血濃於水的感情，願意把自己的幸福投擲在這塊土地，侍候一生勞苦的母親，這種作法則值得肯定。以我的處境而言，假若不是戰亂，我也不會別離父母，離開生我育我的土地。說真的小辣椒，有一塊屬於自己的土地是幸福的，是值得驕傲的。但願妳能在這塊生妳育妳的土地上，找到妳的歸宿。」林少校極其感性地說。

「林少校，你的一番話的確讓我相當感動，可說是我的良師益友啊！老實說我們是做生意的，上門來的不管是官或兵，多數人除了買東西外，往往也會和我開開玩笑或哈啦幾句。但他們圍繞的幾乎都是我的外貌，或說些肉麻的玩笑話，抑或是趁機摸一把、碰一下，這樣他們就高興了。有時明明知道他們的言詞或動作較粗魯，可是站在和氣生財的生意人立場則又必須忍受。我見過的軍人可說無數，但鮮少有人像你和梁參謀那樣，不僅都是謙謙君子，講起話來也蠻中肯的。真太令我感動了。」

「正經歸正經，開玩笑歸開玩笑；但開玩笑也必須有一個限度，一旦過火就失去意義了。從認識到現在，我始終把妳當成是小妹來看待，雖然我和梁參謀都是幕僚人員，但各人經管的業務不同，我不能像他那樣照顧妳的生意，只能陪妳聊聊天，說來真有些不好意思。」林少校歉疚地說。

「林少校，如果你有這種想法就見外了。其實從你的言談中，讓我吸收到不少知識，這是金錢所買不到的，它似乎也是我喜歡跟你閒聊的主要因素。」小辣椒由衷地說。

「說真的，有些人只看妳的外表，實際上妳除了心地善良，為人處世亦有獨到的一面，更沒有一般生意人的勢利眼。就像我鮮少照顧妳們家生意，但妳還是那麼誠摯地招呼我。其他商家則不一樣，如果光顧他們的生意便會熱誠招呼，反之則冷漠以對，這是我長久以來的體會。」林少校坦誠地說。

「不，我所受的教育有限，待學習的東西還很多。」小辣椒謙虛地，而後又滔滔不絕地說：「你沒說錯，生意人確實較勢利，有一些阿兵哥開玩笑地說，我賣的東西比其他店家貴，是不是加了豆腐錢。雖然他們純粹是開玩笑，但我也坦白地告訴那些頑皮又無聊的小兵說，人必須相互尊重，如果是中規中矩的客人，我少賺一點錢無所謂，若是為了想吃我的豆腐而來的，則另當別論。當然，他們也知道我這個人較隨和，並未曾和我計較。每當他們休假出來，遠遠就聽到他們喊著小辣椒，一旦缺少什麼日用品，照樣上我們店裡買。從我們家絡繹不絕的客人，你應該可以看出一些端倪。」

「做生意確實是需要靠頭腦，尤其是外島，消費者幾乎都是駐軍，那些充員戰士從訓練中心出來，一旦抽到金馬獎，一待就是兩年。他們離鄉背井的心境我們可以瞭解，在枯燥的營區裡待久了，只要有休假的機會，幾乎人人都想往外跑。不管是看一場電影，或是打一桿撞球，抑或是藉著購物之便和女店員聊聊天、說說笑，對他們來說毋寧是身心上的調劑。」林少校說後，以一道誠摯的目光對著她，「並非我肉麻當有趣，妳的容貌和身材非僅出眾，待人也相當隨和，始有小辣椒這個綽號。而這個綽號並非是虛名，竟連將軍也慕名而來，遑論是一般軍士官。故此我認為小辣椒這三個字，除了是妳美麗霞百貨店的註冊商標，也是生意興隆的最大原因。或許小辣椒這個綽號，將會跟隨妳一輩子，妳應該以一顆坦然之心來面對，不要引以為忤。」

「謝謝你的開導，實際上我也想通了。小辣椒就小辣椒嘛，並沒有什麼可恥的。街上許多女老闆及女店員，幾乎都被那些天才小兵起綽號、胡亂叫。」小辣椒竟興奮地屈指算著：「例如：小寡婦、老美人、小白菜、波斯貓、小白兔、蘋果花、小甜甜、大洋馬、小洋馬、小黑妞、大嬸婆、紅姑、胖嫂……等等，洋洋灑灑少說也有幾十個。」

「這些充員戰士來自台灣各縣市，裡面可說臥虎藏龍，什麼人才都有。有時也不能低估他們的智慧。」林少校說後看了一下腕錶，隨後站了起來，「好了，我還有事，以後找時間再聊吧，別耽誤妳做生意。」

「怎麼會，我還不是邊聊邊做生意。不會有影響啦！」小辣椒笑笑。

林少校走後，小辣椒清麗的臉龐不禁湧現出一絲得意的微笑。難得有林少校這個知音啊，即使少賺一點錢也是值得的。如果只是來誇獎她長得漂亮、豐滿又性感，或說些肉麻當有趣的無聊話，甚而想趁機吃吃她的豆腐，果真如此，賺取他們再多的錢又有什麼意義？在她的心目中，始終認為林少校和梁參謀都是謙謙君子，與某些軍官的品格相比是有明顯差異的。

雖然逢年過節她幫梁參謀代購離島慰勞品，一轉手即可從中獲得不少差價。可是無論是豬肉或蔬菜，在品質上保證新鮮，在重量上亦絕無偷斤減兩之情事。梁少校不也親口說，她所代購的物品，長官和離島官兵都相當滿意嗎？因此，她不認為自己賺取的是不勞而獲的黑心錢，而是慶幸自己認識這位掌管防區慰勞慰問業務的參謀官。如果他們貪圖便宜而買一些劣質品，一經反映，絕對會受到長官的責備，但是她卻能做得盡善盡美，給足了梁參謀面子。儘管從其中賺了不少錢，但賺錢除了靠運氣，也得靠智慧，所以她感到問心無愧。

11

曾經被將軍教訓過的小辣椒，對人生的看法在驟然間有了明顯的改變。即使她仍馳騁商場，但賺錢並非是她唯一的目的，更何況她們家已由當年的瓦房，改建成鋼筋水泥的三層樓房，並特別在樓下隔了一間客廳，以做為招待賓客的場所。因此，在願望達成後，她必須替自己留下更多的時間和空間，青春不留白啊，那個少女不懷春！她有自己的夢想，豈能再被生意牽絆，而影響到自己未來的幸福。縱然在短時間內不能尋找到理想中的伴侶，可是外面的世界對她來說則充滿著誘惑，每天關在自家的房門內，幸福是不會從天上掉下來的。

於是她雇請一個小妹幫忙她看店，自己不再每天守候在美麗霞百貨店等待顧客上門。儘管如此，美麗霞百貨店依舊車水馬龍、門庭若市，縱使不再有將軍光臨，然則經常有三朵梅花的上校來店裡走動。而這些上校，大部分都是防衛部幕僚單位的處組長較多，當然，亦有其他單位的長官。他們有些已有家眷，有幾個則是王老五，即便官階有高低，但無論是大官或小兵，人的想法則是一樣的；忙碌冀望悠閒，空虛冀望充實，責備冀望安慰，禍患冀望幸福，無聊冀望有趣，人生不就是這樣交錯而成的嗎？

雖然那些處組長每天忙得不可開交，可是一到下班或是假日，在無聊的驅使下，誰不希望找些有趣的事來紓解一下內心的寂寞。就近散步到街上看看氣質非凡的小阿嫂，或是找身材火辣的小辣椒聊聊天。尤其是那幾個未婚的上校，當他們看到小辣椒「高聳的胸脯蛇般腰，新型的頭髮聳後腦，好像喜鵲尾巴翹」時，整顆心莫不怦怦跳。而那些有家眷的大官，當他們看厭了自家的黃臉婆，明明知道小辣椒可以當他們的女兒，但有些人見到她火辣的身材，以及人見人愛的俏模樣，想不趁機和她談談天、說說笑也不甘心啊！當然，他們並沒有像當年將軍那麼色，說來可笑，堂堂中華民國陸軍少將，為什麼竟會有那種下流無恥的舉動，真是一個不折不扣的色將軍啊！

不錯，告子雖然說過：「食色，性也！」這莫非就是人性，甚至大官與小兵相似，窮人與富人一樣，軍人與百姓相同，除卻那些自命不凡的衛道人士，或是有異於常人的品德修養，否則的話，大凡成年男人，幾乎都離不開色與性。然而，縱使它是人性，但凡事必須有分寸，始能得到別人的尊敬。倘若像將軍那種行為非僅不足取，也會讓人唾棄。

雖然美麗霞百貨店因有小辣椒而生意興隆，但母親秋霞看到女兒的行為舉止與之前大相逕庭時，的確也感到有點憂心。

「我們做我們的生意，妳一個黃花閨女，不要經常和那些大官在一起，人家會說閒話的。」秋霞囑咐她說。

「媽，時代不一樣了，雖然我們是商人，但是也要懂得交際。經常在我們家進出的，幾乎都是防衛部一些有頭有臉的大官。只要我一開口，要晚會票有晚會票，要船票有船票，要罐頭有罐頭，要口糧有口糧。一旦阿兵哥被憲兵登記，只要我一句話，就能想辦法把它劃掉，免得他們回部隊受處罰。許多受到我幫忙的小兵，以前都是沒禮貌地叫我小辣椒，現在有求於我則叫我大姊。尤其是老百姓不能買的免稅福利品，妳看，我們家賣的毛巾、香皂、牙刷、牙膏、衛生紙……等等，幾乎都是找關係買來的。光是免稅福利品，就讓我們賺了不少錢。媽，妳不知道，身處在這個現實的社會，誰有本事搞好人際關係，誰就是贏家，誰就能賺大錢。」小辣椒解釋著說。

「妳的說法雖然沒有錯，但是我們金門是一個小地方，一旦人家知道妳經常和那些大官在一起，別人又會以什麼眼光來看待？尤其妳的年紀已不小了，如果有好人家，誰敢來說親？我真替妳擔心啊？」秋霞關心地說。

「媽，妳放心，現在想追求我的人多得是。只要我點頭，當大官的太太也是易如反掌，別說是那些大學畢業來金門當兵的預官。」

「妳要好好地想一想啊！那些大官的年紀起碼都是四五十歲的老年人，而妳今年只不過二十幾歲，那些老牛妄想吃嫩草，難道妳不知道？而那些一條槓的預官，人家都是大學畢業生，他們會看得上妳這個小學生嗎？如果看得上的，也都是一些花言巧語的公子哥兒們，一旦把妳騙到手，玩過後就和妳說再見了。妳信不信？」秋霞警告她說。

「時代不一樣了，真正的愛情是不分年齡和學歷的。媽，妳看，我會那麼笨嗎？會那麼好騙嗎？他們沒有被我騙已經夠幸運了，還想騙我？他們也不打聽打聽看看，我是什麼人啊！」

「不知是不是我年老了，還是眼花、頭昏了，在我的眼裡，妳怎麼越來越不像以前的妳。簡直快變得不像我的女兒了。」

了。」小辣椒撒著嬌，笑著說：「媽，妳放心，我永遠都是妳的女兒，一輩子都會守在妳的身邊侍候妳，不會離開妳半步，妳儘管放心！」

「媽，不是妳年老或是眼花頭昏，是時代不一樣了，是妳的女兒長大

「我必須提醒妳，無論是時代不一樣或是妳已經長大，都要有自己的判斷力，將來才不會吃虧。」秋霞說後，不屑地看了她一眼，「妳也不要把話說得太滿，一旦被愛情沖昏了頭，到時瞞著我跟人家遠走高飛也說不定。現在說這些話，未免太早了一點吧！」

「媽，妳的想像力也太豐富了。」小辣椒神情嚴肅地說，「我始終沒有忘記我們母女相依為命所受的苦難。妳好不容易把我拉拔長大，我不會那麼沒有良心地丟下妳不管，而跟著人家跑。儘管我因為生意的關係而認識很多人，對我有好感的可說大有人在，但縱使我將來選擇的對象不如他們，我依然會以這塊生我育我的土地為依歸，絕不會跟人家遠走高飛，這點務必請妳放心。」

「妳已經長大了，有追求自身幸福的權利，我豈能自私地要妳一輩子守候在我身邊。尤其緣分這種東西很難講，這輩子要跟誰吃飯彷彿天註定。當妳找到理想中的伴侶，即便妳要離開這塊土地，我又有什麼權利來

阻擋妳？媽雖然是一個不識字的老頑固，但如果是非不分橫加阻撓，一旦讓妳失去幸福，就是罪魁禍首。屆時，教我如何能心安。」秋霞嚴肅地說。

「媽，妳不要想那麼多好不好？彷彿現在就有人要來提親似的。雖然我的幸福掌握在自己的手中，但是，如果沒有經過妳點頭同意，再好的姻緣最後還是要歸零。」

「我一直有一個想法……。」秋霞尚未說完。

「什麼想法？」小辣椒急促地問。

「我已經年老了，而妳畢竟是一個女孩，如果能在當地找一個可靠的青年，彼此相互照顧，一起做生意，那是再好不過了。」

「媽，這種事情必須靠緣分啦。坦白說，那些好逸惡勞、不務正業的年輕人我是看不上眼的；而那些較老實又有正當職業的青年，聽到我小辣椒這三個字，我保證，一個個都會被嚇跑。」

「看妳，還好意思說。」秋霞以不屑的目光看了她一眼，「不要說是他們，連我有時候看到妳跟那些阿兵哥嘻嘻哈哈有說有笑的，也會感嘆怎麼會生一個三八女兒。尤其現在又認識那些大官，成天跟著他們交際應酬去，人家背後不知會怎樣批評妳呢？誰還敢娶妳這個三八婆！」

「媽，誰教妳把我生得那麼漂亮？」小辣椒興奮地站了起來，低頭看看自己傲人的雙峰，復雙手插在腰際，就地轉了一圈笑著說：「媽，妳看我的身材，跟電影明星又有什麼差別？」

「三八、三八，看妳瘋瘋癲癲的，一點也不害羞！」秋霞盯了她一眼，「妳就不能正經一點？」

「如果不是妳把我生得那麼漂亮，身材又那麼好，就不會有小辣椒這個綽號。人一旦成名，那可就不一樣了，我們家能夠蓋樓房，就是靠小辣椒這三個字賺來的錢。媽，妳同意我的說法嗎？」小辣椒一本正經地說。

「好、好、好，都是妳這個三八小辣椒的功勞，這樣總可以了吧！」秋霞好氣又好笑地說。

「媽，小辣椒就小辣椒，為什麼還要加上三八兩字，這樣多難聽啊！」小辣椒笑著說。

「三八！」秋霞含笑地白了她一眼。

母女倆難得如此的交談，充分地溝通，對秋霞與小辣椒來說都是好的。尤其是秋霞的一生，可說充滿著坎坷，雖然孝順的女兒犧牲學業幫她撐起這個家，並以她的美貌與智慧營商。即使談不上一夕間致富，但數年來的確為這個家庭累積不少錢財。然而眼見女兒已屆婚嫁年齡，卻始終沒有媒人主動上門來說親，也不見女兒有較親密的男友，甚而經常有大官來家裡聊天，儘管對生意有所助益，可是她卻害怕女兒會誤上賊船。萬一被那些老骨頭誘拐，來個老少配，她這張老臉不知該往哪裡擺。如果不幸被那些花言巧語的充員兵騙到台灣去，更不是她樂意見到的。家有一個長得亭亭玉立又有知名度的女兒讓她感到高興，但卻也讓她備感憂心。如果真要嫁人，嫁給純樸的金門青年最好。除了可以就近相互照顧，對於其家境與人品亦可打聽得清清楚楚，絕不會受騙。只是不知道她有沒有這個福份。

然而小辣椒的想法則與母親有所不同，儘管已達到適婚的年齡，但她似乎不急著結婚。她現在的日子過得多逍遙，小辣椒的盛名更是歷久不衰，店裡的生意依舊興隆。即使不做生意，以目前的銀行存款及店裡的貨物，往後生活勢必無所匱乏。因此，在沒有任何經濟壓力下，過自己想過的日子才是她夢寐以求的，結婚不結婚並非她目前唯一的選項。憑她傲人的身材與美貌，再過幾年也不愁沒人要。一旦急著結婚，她必須受到婚姻的牽絆，不管是居於夫家或娘家，那有小姑獨處時那麼自在。縱使母親對她的行為舉止有些許怨言，但並沒有橫加干涉。唯一的一次，或許是王組長宴請台灣來的客人，邀請她作陪而喝了不少酒。

那天，王組長派車來接她，席設政委會招待所，能在這裡設宴者，幾乎都是黨軍政有頭有臉的高官。來客三人均為上校，加上主人及同組多位中少校軍官，整體算算，少說亦有二十幾顆梅花。惟在眾多梅花中，則有一枚成熟的小辣椒點綴其中，讓整個氣氛霎時熱絡了起來。當酒過三巡後，主客均有點微醺，王組長更是趁機向客人推介著說：

「我們小辣椒啊，不僅身材好，人又長得漂亮，在金門這個地方幾乎是無人不知、沒人不曉，喝起高粱酒更是連乾十小杯而不醉。」

「組長過獎了，那有這種事。」小辣椒的雙頰原本已微紅，經組長如此一說，更如三月盛開的紅玫瑰。

「來，小辣椒，我敬妳，」孫上校舉起杯，「難得在金門遇上妳這個大美女，真是我們的榮幸。」隨後一口乾下滿滿的一小杯酒。

「謝謝孫上校的抬舉。」小辣椒也一口飲下。

「果然是名不虛傳。」劉上校看看她，竟也舉起杯，「來，小辣椒，我也敬妳一杯。」

「劉上校，我們隨意好不好？」小辣椒面有難色地懇求著。

「那怎麼行！」劉上校不認同地說：「妳堂堂小辣椒，又是金門的大美女，我跟孫上校同是國防部來的，妳怎麼能厚此薄彼。」

「那麼我喝一半你乾杯。」小辣椒討價還價。

「憑妳小辣椒，這杯酒算什麼？」王組長竟幫起腔來，「爽快一點，乾了！」

小辣椒舉起杯，對著劉上校一口飲下。

「果然爽快！真不愧是金門第一美女。」劉上校誇讚她說。

「小辣椒可是喝金門高粱酒長大的，這幾杯酒算不了什麼啦！我今天為什麼不請別的小姐而特地請她來作陪，就是因為她人長得漂亮，喝酒又爽快，只有她才能把這頓飯局的氣氛帶到最高潮，讓賓主盡歡。」王組長興奮地說。

當飯局結束後，來客就近住在招待所，其他軍官搭乘中吉普車離去，王組長則準備以自己的座車載送小辣椒回家。可是，酒力並不如他們想像中那麼好的小辣椒，早已有些微醺，從她焉紅的雙頰，滿佈血絲的雙眼，即可看出端倪。然而，好心的王組長在她準備跨上車時，惟恐她重心不穩，竟伸手扶著她的腰際和臀部，而非攙扶她的手臂；甚至雙手繞過她的腋下，不偏不倚正好觸及到她的雙峰。儘管小辣椒不勝酒力，但並非完全失去意識，對於王組長如此的舉止豈會有無感，分明就是藉機吃豆腐嘛。天下烏鴉一般黑啊，這不就是大官的德性、男人的通病嗎？然而，面對如此的局面，再辣的小辣椒也無可奈何？

經過二十餘分鐘的車程，坐在後座的小辣椒的確有點昏昏欲睡之感。下車時腳步竟有點不穩，好心的王組長趕緊摟住她的腰，讓她的頭靠在他的肩上，攙扶她一步步走進家門。當她的母親秋霞看到如此的情景，滿腹的怒火直往上冒，怎麼醉成這樣？莫非是他們心存不軌，故意把她灌醉，好藉機佔點便宜。可是千怪萬怪，還是要怪自己的女兒，如果不是她自己放縱，誰又能佔到她的便宜。真是越想越氣！

王組長走後，秋霞看看喝得酩酊大醉而斜靠在沙發椅上熟睡的女兒，不禁打從心裡自問：這個孩子怎麼會變成這樣？難道是自小沒有父親的管教？還是她這個做母親不稱職？當她看到王組長摟著她的腰攙扶她進來時，本想狠狠地打她一巴掌，好讓她的頭腦清醒清醒，看看自己那副德性，可是她並沒有如此做。沒有父親的孩子已夠可憐了，她怎麼忍心再對她施暴。況且，這個家如果不是她一手撐起，光憑她這個老女人，又如何能在競爭劇烈的商場上，奠定這個令人稱讚的基業呢？雖然孩子讀書不多，但她貌美又聰穎，才能在商場上立於不敗之地。如今她已長大成人，有結交朋友與出外交際應酬的權利，一旦她橫加干涉，只會造成她的反感，於事並無補。因此，她選擇原諒她今晚的失態，但等她酒醒後也必須說她幾句，以善盡為人父母之責。

「妳知道妳昨晚怎麼回來的嗎？」秋霞質問她說。

「媽，妳以為我喝醉了是不是？」小辣椒雖然一副無精打彩，但還是強辯著說：「我沒有醉啦，頭腦清醒得很，我不是坐王組長的車子回來的嗎？」

「酒醉的人永遠說自己沒喝醉。」秋霞以不屑的眼光看著她，「長這麼大了，對自己的行為除了要檢點，也要有所約束，才不會讓人說閒話、看笑話。」

「媽，妳怎麼越說越離譜，我哪裡不檢點了？」小辣椒有些激動地。

「妳頭靠在王組長肩上，王組長摟著妳的腰，兩人親親熱熱、搖搖晃晃地走進來，這叫檢點嗎？」秋霞毫不客氣地指責她說，「讓人看見成何體統！」

「真是這樣嗎？」小辣椒睜大眼睛辯解著，「我怎麼一點印象也沒有。」

「等妳有印象那就糟糕了！」秋霞盯了她一眼，「雖然我不反對妳跟朋友出去，但是一個女孩子凡事要謹慎，更要懂得保護自己，才不會吃虧。像妳昨晚那副模樣，人家要佔妳便宜可說輕而易舉，很多女孩都是這樣失身的。」

「媽，妳別想像得那麼嚴重好不好？昨晚在一起吃飯的，有四個上校，三個中校，兩個少校，又有王組長當靠山，他們不敢對我怎樣啦！」

「不要把事情想得太單純，我看這個王組長跟以前那個少將差不多。如果他想幫助妳，只要攙扶妳的手臂就可以，可是他卻摟著妳的腰，而且還故意把臉斜靠在妳的頭上。這種不雅的親密動作，連我這個老太婆看了也要臉紅，遑論是左鄰右舍。」

「真是這樣嗎？」小辣椒疑惑地想了一想，「我只感到頭很暈，其他的一點印象也沒有。難道我真喝醉了？」

「妳終於醒了。」秋霞依舊不屑地指責她說：「我們只是單純的生意人，尤其妳是一個未出嫁的大姑娘，更沒有必要跟那些大官出去交際應酬。女孩總要像個女孩樣嘛！」

「媽，人家王組長是看得起我，才會叫我去當陪客。」

「不錯，他是看得起妳，也是誠心誠意邀請妳。但是明明知道妳是一個女孩子，酒力有限，卻不橫加阻止而讓妳喝得酩酊大醉，這樣就是誠意變惡意！幸好這裡是金門，他們始不敢越雷池一步，要是在台灣那個地方的話，後果簡直不堪設想！這點妳可曾想過？況且，高官不一定有高人一等的品德和修養，如果妳不睜大眼睛看看這些人的嘴臉，將來一定會吃大虧！」秋霞毫不客氣地說。

小辣椒一時無言以對。

「並非媽有意要責備妳，俗話說：一失足成千古恨，這句話必有它的道理。但願妳以後好自為之，凡事不要讓媽操心才好。」秋霞語重心長地囑咐著。

「媽，謝謝妳的提醒……。」小辣椒眼眶有些微紅。

然而，即使小辣椒已長大成人，在商場亦有多年的歷練，名聲更是遠播，但對人與社會瞭解的程度，確實遠不及母親。雖然母親的嘮叨讓她有些心煩，可是她說的每一句話，則句句都是醒世箴言，她焉有不聽從之理。而是否能持之以恆，或是當成耳邊風，誰也不得而知。

12

每年雙十國慶，金門自衛總隊總會遴選男女隊員百餘人，經過一個多月嚴格的集訓後，代表地區赴台參加國慶閱兵大典。雖然小辣椒只是小學畢業，但無論其身高、體重或外表，均已達到自衛總隊遴選的標準，因此她被選中並不令人意外。即使集訓期間每天清晨必須環繞太湖跑一圈，復須站立不動鍛練腳力和耐力一小時，接著是練習踢正步及小碎步。百餘位隊員在第三士校幹部嚴格又密集的代訓下，幾乎都吃足了苦頭，可說被操練得精疲力竭，加上曝曬在陽光普照的秋陽底下，女隊員一個個都有著一副古銅的健康膚色，成了不折不扣的黑美人。小辣椒當然也不例外。

可是台灣這個被稱為美麗寶島、人間天堂的觀光勝地，則是許多未曾出過遠門的女性，多年來夢寐以求的地方。只要能到台灣走一走、看一看，再多的苦頭也願意承受。當集訓告一個段落後，那天他們一行人手荷槍，肩背野戰背包，乘坐登陸艇，承受二十餘小時的海上顛簸，抵達高雄十三號碼頭短暫休息後，為了爭取時間，隨即搭乘平快車北上。儘管暈船又暈車，讓每位隊員疲累不堪，但第一次出遠門的小辣椒，眼見蒞臨寶島的美夢已達成，內心的喜悅簡直難以言喻。無論坐車或走路，她總是不停地四處張望，整個人幾乎都陶醉在異鄉城市新鮮的美感裡。

然而，人往往都是如此的，當美夢達成後，慾望則愈來愈強烈，變化也越來越多端。想不到一趟台灣行後，小辣椒變得更火、更辣、更開放。似乎並沒有把母親的忠言放在心坎裡，依然我行我素。尤其是穿著，比起之前更時髦、更貼身，從台灣添購回來的流行服裝及高跟鞋，除了塞滿了野戰背包，又另行購買一個旅行袋始能裝得下。不僅有滿載而歸之感，更彷彿要參加服裝表演似的。

當任務完成回到家鄉後，當她穿起時下最流行的迷你裙時，除了顯露出一雙修長的美腿，更把成熟女性的曲線美完完全全地展現出來，讓人眼睛為之一亮。看到她如此打扮與穿著的阿兵哥們簡直難以置信。想不到被歸類為戰地，且各方面都顯得落後的金門島，竟有穿著如此地新潮，如此地火辣的小姐，又有那一個男人不想多看她一眼呢？

「小辣椒，看妳每天打扮得花枝招展，簡直讓人看傻了眼。如果不是聽說娶金門小姐要在金門留十年，我真想把妳娶回家做老婆。」勤務連的文書李金銘跟她開玩笑說。

「李金銘，你少跟我來這一套。大姐老實告訴你，你這個小文書不夠看！」小辣椒一口頂回去。

「我知道妳小辣椒愛的是大官，當然我這個小文書不夠看。不過妳可要想清楚，那些中上校軍官，一個個都是四五十歲的人了，當妳正青春時，他們已是糟老頭一個，到時，我看妳要怎麼辦？」

「你不要替大姐擔憂啦，像你李金銘這種油頭粉面的年輕人更不可靠。」小辣椒不屑地說。

「我像那種人嗎？」李金銘搔搔頭、摸摸臉，笑著說：「如果妳非要嫁給那些老骨頭不可，將來就由我來接班好了。」

「接你的大頭啦！」小辣椒臉一沉，順手拿起一個空盒，猛力地朝他身上丟去，「你不僅油頭粉面，而且還油腔滑調。」

「妳看、妳看，」李金銘嘻皮笑臉地指著她說：「妳看看妳生氣時的俏模樣，多麼可愛、多麼迷人啊！妳小辣椒簡直快成為萬人迷了。」

「你再說一遍看看，」小辣椒好氣又好笑，「你不想退伍了是不是？」

「如果妳不想嫁給那些老骨頭，我退伍後一定把妳娶回家當老婆……。」李金銘說後轉身跑了出去。

「臭美！李金銘，你就不能給我正經點！」小辣椒不屑地指著他說。目睹他的背影遠離，卻又喃喃自語地：「沒有一個正經。」

果真，在沒有一個正經之後，卻來了一個過於正經的人，那便是和她一起到台灣參加國慶閱兵的男隊員黃大千。

黃大千和她雖是同鄉，但卻住在不同的鄉鎮，之前並不熟識，直到在第三士校集訓時，他才聽人提起小辣椒的大名。儘管密集的訓練讓她曬黑了皮膚，但她姣好的容貌與身材，以及非凡的氣質，的確引起許多男隊員的注意，黃大千便是其中之一。然而，卻也有人私下對她議論紛紛。

——你們知道小辣椒綽號的由來嗎？就是她奶子大、屁股翹。

——成天跟那些阿兵哥嘻嘻哈哈的，她那兩個奶子就是被他們摸大的啦。

——那些小兵又算得了什麼，沒有三顆梅花以上是摸不到的。

——經常有防衛部大官的車子來接她，誰知道載她去做什麼。

——那些大官幾乎個個都是老豬哥，在營區又是辦公室兼寢室，只要房門一關，在裡面辦什麼事，誰知道。

——有一次喝醉酒，由一個三顆梅花的扶她下車。那個老豬哥的手時而摟著她的腰，時而按在她的小腹下方，街上好多人都在看熱鬧，只有他們不知道。真是笑死人。

——像這種三八女人，我們金門男人誰敢要。

——將來不是被台灣兵騙走，就是嫁給那些足可當她爸爸的糟老頭。

——她們家賣的東西特別貴，很多阿兵哥都說是加了豆腐錢。

——那麼漂亮的女人，竟是這種貨色，真可惜啊！

——……。

縱使都是一些負面的批評，但黃大千則獨排眾議，在他的想法裡，生長在這座純樸島嶼的女人，還不致於像他們所說的那麼糟。雖然對她瞭解的程度並不十分深入，但從她這段時間的言行舉止而言，並沒有什麼可議之處。而且待人誠懇又熱心，的的確確是一個善良的女人。倘若不是他們吃不到葡萄說葡萄酸，就是她人紅是非多。因此在眾多人均排斥她的時候，他卻適時伸出援手，每當上下車船，他都主動地幫她提行李，並從彼此懸掛的識別證中，知道各自的姓名。回到金門即將各自回家時，小辣椒更主動從人群堆裡找到他。

「黃大千，謝謝你一路幫忙。如果路過新街，請到我家喝茶。」小辣椒誠意十足地說。

「謝謝妳王美麗，如果有事到新街，再順便去拜訪妳。」黃大千禮貌地向她點點頭說。

想不到彼此間的客氣話尚言猶在耳，他卻來了。

「王美麗，妳好。」黃大千走進店裡就直接地喊著。

「嗨，黃大千，原來是你。」小辣椒撥弄了一下烏黑的髮絲，興奮地說，「你今天怎麼有空？」

「我是專程來看妳的。」黃大千靦腆地笑笑，而後羨慕地說：「想不到妳們家生意做得這麼大，我還以為是一般的小店鋪呢。」

「普普通通啦。」小辣椒謙虛地說。

「有妳這位美女看店，生意一定很好。」

「坦白說，我們新街做的幾乎都是阿兵哥生意，不管經營的是什麼行業，可說每家生意都很好。」

「妳自己一個人照顧得來嗎？」黃大千關心地問。

「我們請了一個小妹來幫忙，今天是部隊的莒光日，出來的阿兵哥較少，讓她休假。如果客人很多而生意真正忙不過來的話，我媽也會出來幫忙。」小辣椒坦誠地說。

「妳爸呢？」

「我很小的時候他就過世了。」

「妳比我幸運。」

「怎麼說？」

「妳雖然父親早逝，但母親尚健在。而我是父母雙亡，由舅舅和舅媽把我撫養長大。」

「造化弄人啊，人生不如意的事十有八九。」小辣椒內心似乎有無限的感嘆，「恕我冒昧，你舅舅家做什麼的？」

「種田。」

「你呢？」

「幫我舅舅種田，是一個不折不扣的農夫。」黃大千似乎有點自卑。

「其實種田也不錯，只是辛苦一點而已。」小辣椒安慰他說。

「不，我們金門的田地都是貧脊的沙地較多。假如老天不下雨就沒有收成，所有的心血全白費了。」

「那你不妨找別的事做做看。」

「想轉行談何容易啊！」黃大千無奈地說：「做生意沒本錢，當公務員沒學歷，可能是天生的種田命吧！」

「如果能先在公家單位找一個臨時人員或工友之類的工作幹幹，我看也不錯。至少比種田要來得輕鬆，而且又有固定的薪水。」

「社會現實啊！既沒有學歷，又沒有人事關係，想進入公家單位泡茶、擦桌子，掃地、洗廁所，也不是一件容易的事。」

「我看你並不是一個好逸惡勞的青年，我認識防衛部好幾位處組長，如果你不介意的話，我可以請他們代為打聽看看，然後再請他們透過關係幫幫忙。假使有機會進入公家機關的話，不管是那一個單位，可以先從最基層幹起，只要你的能力受到肯定，相信不會被埋沒的。有些沒有高學歷的公務員，他們還不是先進去後再參加考試，現在一個個都取得正式公務人員資格，可說是一個鐵飯碗。」

「王美麗，我早就有這種想法，但想歸想，這種事那有那麼容易啊！如果真有這個機會，簡直太好了。無論將來事情的進展如何，我都得先謝謝妳，但也不能太勉強。如果因此而造成妳的困擾，那就不好意思了。」

「你先不要客氣，坦白說，我們家在這裡做了好幾年生意，認識的官員可說不少，可是一旦有事相求，他們是否肯幫忙還是未知數。不過你放心，我會盡力而為的，你就以平常心慢慢地等待吧！一旦有結果，我會很快和你連繫的，但願不要讓你失望才好。」小辣椒說著，卻也有些顧慮，「你舅舅會同意你出來工作嗎？」

「舅舅一家大小七八口，靠的就是那幾畝旱田與舅媽養豬養鴨。雖然我寄居他們家並非吃閒飯，但每看到舅舅與舅媽為這個家勞心勞力，實在不捨。如果能找一個固定的工作做做，每月的薪餉對這個貧困的家庭絕對是有助益的。倘若有這個機會，我相信舅舅與舅媽都會樂觀其成的。」

「我和母親都是從貧困中走過的過來人，我能體會你現在的心情。雖然我們讀書不多，不懂得人生大道理，可是年輕人惟有靠自己努力奮發才有前途，絕對沒有沮喪頹廢的權利。」

「謝謝妳的鼓勵。」黃大千由衷地說。

「這樣好了，你先到文具店買一張履歷表，寫好後放在我這裡，我再找機會請人幫忙。如果有好消息，我會儘快告訴你。」

不可否認地，在戒嚴軍管以軍領政的此時，縣長及黨部主委均由配屬防衛部的軍政治部副主任調任；警察局長則由政一組副組長調任；物資供應處長由主計處副處長調任；金門酒廠廠長及西園鹽場場長亦都是退役上校轉任。如果防衛部那些大官願意幫忙，只要他們一句話或透過任何一層關係，想安排一個年輕人到公家單位幹個工友或臨時雇員，可說是輕而易舉的事。當然，必須看請託者與他們之間的交情。

倘若以小辣椒的人際關係而言，或許，金門小姐無人能出其右。多少人想到擎天廳看一場影歌星勞軍晚會，即使所有的座位都已分配完畢，只要找上她，則依然能拿到空白票，讓他們進場坐在工作人員席位上觀賞。多少人想要一張太武輪船票不得其門而入，只要找上她，鐵定可以按時到料羅碼頭報到。多少病患因急需赴台就醫而求助無門，只要找上她，她總會適時伸出援手四處請託，讓他們搭乘軍機或政委會班機赴台醫治。說她交遊廣闊、神通廣大，一點也不為過。好些受到她關照的鄉親更是銘記在心。儘管不瞭解她的人對其有負面的批評，但正面的肯定則大於負面的議論，小辣椒並非浪得虛名啊！而此時，如依她與黨政軍的關係，想為黃大千覓一份最基層也最卑微的臨時雇員或工友工作，似乎不無可能。

於是小辣椒不斷地思考著，是直接找杜指揮官或張處長，還是王組長或何主任，抑或是陳副參謀長，或者是主任辦公室林秘書……等人。而在這些人之中，不管階級高或低，幾乎個個都是軍中有權有勢的人物。然而即使如此，但亦必須從其中篩選出與各單位主管較為熟悉或較有把握的人，以免徒勞無功。經過她再三地思考與分析，認為找主任辦公室林秘書可能較為恰當。即使林秘書的軍階只是中校，但握有實權或許比官階高更有用，況且，主任身兼政委會秘書長，以及中國國民黨金門特派員辦公處書記長，無論縣長或縣黨部主委，都必須聽命於他，遑論是所屬單位的官員。或許只要林秘書一通電話說是主任交辦，各級單位主管不得不唯命是聽，否則的話，大家就等著瞧。這就是軍管時期戰地政務體制下的現象，早已是見怪不怪。

即便小辣椒認識的官員無數，雖然有些純粹是貪圖她的美色趁機來聊天吃豆腐的，但把她當成小妹或朋友來看待的亦有之，可說形形色色的人都有。而林秘書是屬於後者，也是少數叫她王小姐的人。他溫文儒雅，待人親切，沒有一點仗勢欺人的官架子，好像是一個大哥哥。他第一次到她們店是由主任的侍從官陪同。那天適逢主任赴台灣開會，晚餐後兩人始有時間出來逛街。對於小辣椒的聲名早有耳聞，但百聞不如一見，故而逛啊逛，就極其自然地逛進美麗霞百貨店，其最終目的當然是想親眼目睹小辣椒的手采。

那時正好有一位小兵在購物，一見來者隨即立正向他敬禮並說：「秘書好。」於是，對軍中生態環境極為熟悉的小辣椒，從他三角臂章及政戰中校官階來推測，此君必是防衛部政戰部秘書。對客人向來親切有禮的小辣椒，知道來者並非一般軍官，竟主動上前打招呼。

「秘書好。」小辣椒禮貌地向他點點頭說。

「妳就是人稱小辣椒的王小姐？」林秘書笑容可掬地問。

「請秘書多指教。」小辣椒聽到如此的問話，就深知此人的知識和修養，故而不敢怠慢。

「在金門像妳這種既有禮貌又落落大方的小姐，還真是少見。」林秘書誇讚她說。

「秘書過獎了。」小辣椒興奮地笑笑，卻也謙虛地說：「我書讀不多，見識也不廣，土包子一個啦！」

「一個人的價值，不能以讀多少書來衡量。懂得為人處世的道理，比什麼都重要。妳能夠在這個地區打開知名度，並把這家百貨店經營得那麼好，除了親切的待人態度外，亦有妳獨到的經營手法，真是難得啊！」

「小辣椒的名字在軍中可說是無人不知、沒人不曉，竟連主任也知道金門有個小辣椒。今天見到妳，果然是名不虛傳。」侍從官插著嘴說。

「那些阿兵哥喜歡開玩笑，反正小辣椒就小辣椒吧，任由他們叫，我是無所謂的。但是他們這麼一叫，反而對我們家的生意有很大的幫助，有很多阿兵哥無形中都成了我們家的老主顧，一旦缺少什麼日用品，都主動上門來光顧。」小辣椒坦誠地說。

「對，做生意就是要這樣，所謂和氣生財嘛！如果他們一叫小辣椒，而妳卻板著一張臭臉，誰還敢再上門光顧，這毋寧也是妳成功的一面；至少，妳懂得那些小兵的心理。同樣是年輕人嘛，彼此開開無傷大雅的玩笑，也沒什麼關係啦！」林秘書說。

「秘書說得是，我就是抱著這種態度來做生意的。」

「好啦，不打擾了。」林秘書說後對著侍從官，「回去後交代行政士，以後如果缺少什麼日用品，就請他到王小姐家來買。」

「謝謝秘書。」小辣椒含笑地向他點頭致謝。

從此之後，林秘書亦成了美麗霞百貨店的常客，但他卻不同於那些老豬哥，和小辣椒之間就如同兄妹。如今，一旦有事相求，相信在他的範圍內，一定能獲得他的協助。因此，黃大千求職的事，她決定央請林秘書幫忙。

那天，經過小辣椒的說明和請託，林秘書在看過黃大千的履歷表後問：

「這份履歷表是他自己寫的嗎？」

「是的，是他在我這裡親自寫的。」小辣椒坦誠地說。

「雖然只國中畢業，但字寫得蠻工整的，有時候我們也可以從一個人的字跡，看出一個人的品行。既然是妳推薦的，想必妳對他亦有一些瞭解，我會盡力而為的。」林秘書誠懇地說。

「工友或臨時雇員都可以，只要能進入公家機關，有一個安定的工作，每月有固定的收入，對他本人及其舅舅家來說，都有很大的幫助。」

「我會盡量想辦法的，不管能安插在那一個單位，即使起初只是一個工友或臨時人員，但事在人為，只要自己肯努力、肯學習，工作表現能得到主管的認同，一旦有缺，絕對會優先遞補。將來有機會還可以參加普通檢定考試，然後再參加普考，成為一個正式的公務員並非不可能。政委會所屬單位，有許多沒有完整學歷的金門人，他們靠的就是苦幹實幹的精神，然後再參加公務員考試；而且有些人經過多年的努力，已從雇員升上科員，甚至還有擔任股長的。」

「謝謝林秘書，我會把你的話轉告他。雖然我對他尚談不上十分瞭解，但從他的外表與談吐，以及想以自己的力量來減輕舅舅的負擔，於此來看，應該還算懂事，至少仍保有金門青年的純樸與敦厚。反正師父引進門，修行在各人，一切端看他自己的造化了。」

林秘書點點頭笑笑，而能獲得他的承諾，小辣椒興奮的心情溢於言表，相信不久，林秘書一定會捎來好消息。儘管她與黃大千並無深交，但能幫助他圓夢，不也是功德一件麼？尤其同是從逆境中走過來的人，更應當相互扶持和照顧，但願他進入公門後，能秉持著刻苦耐勞的農耕精神奮發向上，並朝著正式公務員的路途邁進，而非只是一個終身讓人使喚的工友。

13

小辣椒非僅能洞燭先機，更有先見之明，找當權的中校秘書，比找太武守備區少將指揮官，或是研委會少將主委，抑或是TOC少將總協調官還管用。不出幾天，縣政府人事單位已通知黃大千去面談，隨後即以工友任用，其速度之快，簡直出乎小辣椒與黃大千料想之外，也由此可見林秘書的權勢以及在那些官員心中的份量。不看僧面也得看佛面啊，這就是當今的社會形態。儘管黃大千謀取的只是一個最基層的工友，其工作亦只是掃地、擦桌椅、倒茶水及送公文，但在這個現實的社會，如果沒有人事背景，或攀龍附鳳，或裙帶關係，想進入公門又談何容易。這也是生長在這座島嶼的待業青年，都能體會到的事實。

出身農家的黃大千，無論是犁田、挑肥、種植、收成……等等，再怎麼辛苦的工作都難不倒他。如今有機會進入公門，掃地、擦桌椅、倒茶水對他來說更是輕而易舉。唯一必須學習的就是公文的傳遞，但他並非文盲，故而經過承辦人員的指點，沒多久已是駕輕就熟。每天，他幾乎都提前進入辦公室，除了打掃室內環境，並把辦公桌椅擦拭得乾乾淨淨，復清洗茶杯，為每位職員泡茶、倒水，然後在辦公室內待命。與之前那位做事漫不經心、卻又經常找不到人的老油條工友相比，簡直判若兩人，也因此而博得長官的賞識、職員的稱讚。這份工作除了有固定的待遇外，甚至比種田輕鬆百倍，人生的際遇，有時確實是讓人意想不到的。他非僅相當珍惜，更應該感謝小辣椒的幫忙，以及林秘書的成全。舅舅及舅媽對於他能遇上貴人，除了誠摯地感謝，也歸功於老天爺的保佑。

然而，人非但要懂得感恩，也要知道惜福。當工作安定後，黃大千也會偶而地利用假日，帶點當季出產的地瓜、芋頭、花生或蔬菜之類的農產品，來新街探望小辣椒。

「黃大千，真不好意思，經常吃你們家的東西。」小辣椒客氣地說。

「這些都是自家種的，不成敬意啦！我舅媽還說，立冬時要殺一隻鴨子送給妳們家補一補。」

「萬萬不可。」小辣椒趕緊搖著手說。「我們如果要吃的話，隨時可以到市場去買。你舅媽好不容易養大一隻鴨子，如果捨不得自家吃，可以賣錢貼補家用，千萬不能拿來送我們。」

「我舅舅和舅媽始終念念不忘妳幫我找工作的恩惠，他們一直說不知如何才能報答妳。」

「你告訴他們，這個沒什麼啦，千萬不要記掛在心。」

「我真敬佩妳，能認識那麼多大官。」

「我們家是做生意的，成天人來人往，認識的人自然就多。」

「可能不止這些吧！妳一定有妳的優勢。」

「怎麼講呢？」

「並非我肉麻，妳不僅長得漂亮，而且也熱心助人，所以很有人緣。這就是妳的優勢。」

「很多人都說我三八，成天和那些阿兵哥嘻嘻哈哈的，而且還經常跟大官吃飯喝酒，甚至專車載我到他們辦公室喝茶聊天，到擎天廳看晚會看到半夜三更才回家。」

「人紅是非多啊，人不遭嫉是庸才，這就是現今社會的寫照。不必去計較那些蜚言蜚語，別忘了，我們是為自己而活的，只要自己活得快樂，那些飛短流長又有什麼意義。況且，妳曾經幫過很多人的忙，從未想過要獲取任何的回報，儘管善良的鄉親不善於用語言來表達對妳的謝意，但是他們會永遠記在心坎裡。」

「黃大千，想不到你對人生竟有如此深刻的體會，有你這個知心的朋友真好。」小辣椒誠摯地說。

「不怕妳見笑，雖然我所受教育有限，但看過很多書。」

「這樣就對了，林秘書亦曾交代過，希望你利用工作之餘多多充實自己，將來可以參加普通檢定考試，然後再進一步參加普考。一旦考試及格，就是正式公務員，往後更有保障。雖然凡事並非如想像的那麼簡單，但事在人為啊，只要自己肯努力、有恆心，總有美夢成真的一天。」

「謝謝妳和林秘書的鼓勵，我會朝這個方向來努力，但願不要辜負你們的期望才好。」

「林秘書知道你的工作表現後相當高興，他已請縣政府主任秘書多加留意，往後一旦有雇員出缺，將優先推薦你來遞補。希望你多多加油。」

「真的！」黃大千訝異地。

「我怎麼會騙你。」小辣椒嚴肅地說。

「我舅媽說我遇到貴人，果然一點也不錯。王美麗，真太謝謝妳了！」黃大千興奮地說。

「所謂貴人只是引薦而已，要記住，真正的貴人是你自己。如果你自己不努力、不爭氣，當初引薦的人，依舊是徒勞無功；甚至還會被批評，某某人介紹來的這個人，怎麼會是這種好高騖遠或好逸惡勞之徒。果真如此的話，教人情何以堪啊！」

「如果有一天真能從工友升上雇員，不僅能在政府機關多一層磨練，我也會更加努力準備參加各種考試。」

「對，年輕人總要有一個目標。既然有機會進入政府機關做事，取得公務員資格是刻不容緩的事。如果安於現狀，一輩子只做個工友那又有什麼意思。」小辣椒竟激動地，「加油啊！黃大千，但願有志者事竟成，我先祝福你。」

「王美麗，我有信心，只要給我一段時間，絕不會讓妳失望的！」

「好，有志氣！」小辣椒伸出手，兩人相互擊掌。

臨近中午時分，黃大千準備告辭，小辣椒則要他留下來吃午飯再走。在盛情難卻、卻之不恭之下，只好硬著頭皮留在她家午餐。而這頓飯，即使只是家常便飯，但對於有錢人家來說，除了青菜外，有魚又有肉。加上王伯母的烹飪手藝，雖然只是四菜一湯，然則色香味俱全。種田人家的地瓜稀飯配豆豉，怎能與有錢人家的山珍海味相比。而且她們家煮的飯是潔白的蓬萊米，而他們家則是發霉且含有黃麴毒素的戰備米，如此一比，想不教人感嘆也難啊！可是社會本來就是不完美的，沒有什麼絕對的對與錯，有富有就有貧窮，有光明就有黑暗，有人的地方就有是非，這就是人生。

當母親準備好午餐，小辣椒特地讓雇用的小妹先吃，待她用完餐後，母女兩人再陪著黃大千一起進餐。即使小辣椒之前已介紹他與母親認識，但今天秋霞不知怎麼了，竟不斷地打量他，讓出身農家而生性有些靦腆的黃大千，更加地不自在。

「黃大千，你別只管吃飯，多吃一點菜啊。」小辣椒勸著他說。

「是啊，菜那麼多，多吃點。」秋霞竟夾了一塊肉放在他的碗裡。

「伯母，謝謝您，我自己來。」黃大千不好意思地說。

「放輕鬆一點好不好？」小辣椒提醒著，「別那麼拘束，又沒有外人。」

黃大千笑笑，依舊是那麼地不自在。

秋霞情不自禁地看看他，看到的是一張純樸敦厚的臉龐，它也是島鄉青年獨特的形貌，這似乎也是美麗將來擇偶的對象。當初次見面時，她曾詢問女兒與他的關係。

「媽，沒什麼啦，到台灣參加閱兵時認識的啦。他人很好又老實，上下車總是幫我提行李。別人對我說三道四的，他還主動替我辯護。」小辣椒告訴母親說。

「這個年輕人看起來蠻不錯的，你們先交往看看，如果將來看對眼，還真可以托付終身呢。」秋霞正經地說。

「媽，妳的想像力別那麼豐富好不好。我看對眼的人太多了，簡直個個都可讓我托付終身。」小辣椒開玩笑地說。

「我跟妳說的是正經話。」秋霞盯了女兒一眼，「都已二十好幾了，成天跟那些阿兵哥嘻嘻哈哈的，我看妳一點也不著急。」

「有什麼好著急的。」小辣椒充滿著自信，「憑我王美麗，還怕沒人要？」

「別把話說得太滿，」秋霞不屑地，「將來不要成為老姑婆就好。」

「妳放心，追我的人一籮筐，只要我點頭，媒婆隨即上門來。」

「正經一點好不好？」秋霞白了她一眼，而後嚴肅地，「說真的，如果能像黃大千那樣的年輕人，我倒是很欣賞。」

「他太老實了。」

「老實才可靠。」

「真是這樣嗎？」

「當然！」

說後，母女倆相視地笑笑。

而今天，當這個年輕人坐在她的對面一起用餐時，她並沒有改變之前的看法。如果女兒有一個這麼老實的夫婿不知有多好，將來非僅有所依靠，更不怕家產被敗光。萬一嫁的是一個不務正業的浪蕩子，或是被那些花言巧語的台灣兵騙走，勢必會誤她一生，這種事情也是她不願見到的。

雖然他是一個由舅父母養育長大的孤兒，但從逆境中力爭上游的年輕人，似乎更懂事、更踏實。從他的外表以及幾次接觸，即可看出一些端倪。儘管他目前從事的是較低層的工作，然而一旦有緣締結在一起，他即可辭去那份工作，這家店將交由他倆共同來經營。果真能如此，那真是太好了。秋霞想著想著，情不自禁地露出一絲得意的微笑。

「媽，妳在想什麼？看妳老半天筷子都沒有動一下。」小辣椒關心地說。

「我在想，不知是不是我炒的菜不好吃，所以……。」秋霞尚未說完。

「媽，人家黃大千是客氣，妳不要想那麼多好不好。」小辣椒說後，親自夾了一大塊魚放進黃大千的碗裡，「你千千萬萬別客氣，不然的話，我媽又要胡思亂想了，以為她炒的菜不好吃。」

「伯母，不怕妳見笑，在家裡多數吃的是地瓜，偶而吃的米飯也是存放很久而推陳出來的戰備米糧。今天可說是我第一次吃到這麼白、這麼香的大米飯；年節在家裡吃的菜，也沒有這幾道菜來得豐盛。尤其能吃到您親手做的飯菜，更是我的榮幸。」黃大千有感而發地說，內心也充滿著無數的感激。

「如果你不嫌棄，歡迎你經常來，只不過是多擺一付碗筷而已。況且，你又是我們美麗的好朋友，彼此就像一家人一樣，沒有什麼好客氣的。」秋霞誠摯地說。

「謝謝您，伯母。只要有空，我會經常來探望您的。但是在你們家吃飯，確實讓我感到有些不好意思。」黃大千禮貌地說。

「過於客氣就是見外。你之前帶來的地瓜、芋頭和花生，我們還不是全都收下。在家裡吃一頓便飯，算不了什麼啦！」秋霞不在意地說。

小辣椒目睹母親對自己朋友的關懷，雖然喜在眉梢，儘管內心沒有太大的起伏變化，然則不知道母親心想的是什麼？是否因此而認定黃大千就是她的男朋友？還是家裡沒有男丁對他另眼相待？抑或是老人家有她自己的想法和看法？無數的疑問在她腦海裡久久地盤旋，最後不禁從心裡湧出一絲淡淡的微笑，而這抹微笑，究竟意味著什麼呢？一時竟也說不出一個所以然來。

然而，縱使秋霞對黃大千有特別的好感，但小辣椒似乎只是為了回報他在台灣參加閱兵期間上下車時幫她提行李，以及未曾以一對鄙夷的眼光來看她。因此返鄉後得知他的困境，始運用她平日建立的人際關係，竭盡所能協助他謀職就業，並沒有涉及到男女間的感情問題，只是把他當成朋友來看待而已。況且，出身低微與擔任工友之職的黃大千，在衡量自己的身分與自卑感作祟下，豈敢有癩蛤蟆想吃天鵝肉的非分之想。故而，男女之間的愛情火花在他們心中非僅尚未點燃，甚且一切尚在虛無縹緲間。倘若真是郎有情、妹有意，往後的道路該怎麼走，則必須考驗他們的智慧。

若以目前的情景而言，小辣椒曾對母親說過，追她的人一籮筐，如此之說，絕對沒有誇大其辭。憑她的姿色與活躍以及知名度，同在這座島嶼的少女們幾乎無人能出其右，心儀她的人可說不知凡幾。只要她點頭，成為大戶人家的少奶奶或以後的將軍夫人並非不可能。但是，黃大千若想娶房媳婦，似乎就沒有那麼簡單了；至少，他的身分背景及職業，必須先受到人們勢利眼光的審視。一旦知道他是一個寄人籬下的孤兒，以及其舅舅貧寒的家境，又有那一個不識相的媒人敢來幫他說親？總而言之，兩人除了年齡相差無幾外，其他方面無論從任何一個基點來看，差異都是十分懸殊的。但是緣分這種東西有時似乎也很難講，郎才女貌或門當戶對已是過去的詞語。即使也常聽到有情人終成眷屬這句話，但一切還得端看各人的造化。更何況，愛情是一種撲朔迷離卻又可遇不可求的東西，誰也不敢斷言他們能否配成雙。或許，未來的幸福就交由命運來安排了……。

14

人生許多際遇，有時的確讓人料想不到。

黃大千因小辣椒的關係，在經過一段最基層的工友歲月後，竟然升上雇員。當然，這必須感謝林秘書的鼎力相助，也由此可見林秘書在金門公務體系的影響力。即使表面上林秘書是義務相助，但人與人之間的相處，仍有許多不欲人知的竅門，在社會上縱橫多年的小辣椒焉有不知情之理。因此，每當林秘書欲返台休假，小辣椒無不主動奉上金門特產黃魚和高粱酒，而且數量不菲。儘管林秘書客氣地再三推辭，可是小辣椒在打聽好他的行程後，不必麻煩林秘書親自來取，直接送到機場找負責過磅的空軍士官長轉交。只要輪到林秘書的行李過磅，士官長就自動地把小辣椒託付的東西搬上去，而且彼此心照不宣，僅只禮貌地點點頭笑笑。小辣椒交遊之廣闊，神通之廣大，林秘書也不得不佩服啊！

然而，縱使小辣椒交遊廣闊，神通廣大，但卻也必須付出代價。除了她的美貌讓人欣賞外，一旦空軍士官長請她代購高粱酒、大白菜、蘿蔔、黃魚……時，明明知道是揩油，但能不從嗎？儘管士官長客氣地問她多少錢，她會那麼不識相而收取嗎？果真如此，機場士官長這道關卡就永遠斷絕，它不就是當前社會自然的現象嗎？所謂人際關係，說穿了就是各憑本事相互利用、各取所需。不講利害關係而以誠摯之心相互幫忙者，在這個現實的社會又有幾許？又有多少人願意為之？

黃大千能有今天，的確是拜小辣椒之賜。可是她貪圖他什麼呢？為什麼要如此地幫助他？難道她能未卜先知，早已知道出身逆境的黃大千，往後必有光明的前程，等他功成名就後，即可和她攜手共創幸福的未來，此時的付出是值得的。但是否如此呢？誰也不得而知，或許只有老天爺才知道。然而，升上雇員的黃大千，儘管他的勤奮有目共睹，又寫得一手工整的鋼筆字，與他目前擔任的抄寫工作可說相得益彰。可是他的工作表現即使受到長官的肯定，惟並沒有獲得某些同事的認同，甚至還遭受到那些沒升上雇員的工友排擠，以及外界有意爭取這個職缺的人的非議。

他們認為黃大千憑的不是真本事，而是靠小辣椒的關係升上的。某某人高中畢業竟沒有優先列入考量，卻讓他這個國中生獨占鰲頭，怎麼能讓人服氣。當然，小辣椒在金門是出了名的交際花，專門陪那些豬哥大官吃喝玩樂，有沒有陪他們上床睡覺誰知道！因此只要她一句話，或是坐在那些老豬哥的大腿上撒撒嬌，沒有不優先升任的理由。但是，卻也讓他們感到好奇，黃大千家境既不好，又是一個孤兒，人又長得不怎麼樣，和小辣椒又非親非故，更難以與她相匹配，她為什麼願意犧牲自己的色相，熱心地來幫助他？莫非是看他可憐而心生同情？還是另有不欲人知的因素？可是無論何種臆測都是毫無意義的，黃大千升上雇員已是不爭的事實，其他人在望塵莫及的情由下，只有羨慕的份了，要不，又能奈何？誰教自己沒有一個像小辣椒那麼漂亮、那麼豐滿的女朋友。

儘管黃大千有小辣椒當靠山，但如果自己不爭氣亦是徒然。自從升上雇員後，他似乎更加地勤奮，除了本身的工作外，他始終沒有忘記參加普通檢定考試，來彌補自己學歷的不足。倘若能順利過關，便能取得參加普通考試的資格，對於往後的公務員生涯，將會有更大的助益和保障。固然，每一道關卡對他來說都是一種極大的挑戰，然若想擷取甜蜜的果實，焉有不付出痛苦代價之理。因此他必須更加努力投向它，將來才有前途。一旦能夠美夢成真，一方面可報答舅父母的養育之恩，另方面才不會辜負王美麗對他的鼓勵和協助。

認真說來，他能有今天這份工作，必須歸功於王美麗的幫忙，如不是她，他連工友的邊都沾不上，遑論是現在的雇員。王美麗除了長得漂亮外，待人誠懇又隨和，對母親也相當孝順，更是熱心助人，看起來既善良又賢慧，可是卻偏偏有人說她的壞話。她之於會遭人非議，若依他的看法其主要因素可能是：她們家生意特別好，且經常有大官在走動，而引起同業的嫉妒。另一方面是：她人長得漂亮，交遊過於廣闊，讓人看了眼紅，或是吃不到葡萄說葡萄酸。如不是這些因素，還有什麼可讓人說三道四的呢？

經過幾次接觸，王美麗待人除了誠懇隨和，為人處事亦有其獨到的一面，做起生意和家事，更是一點也不含糊。如此之女性，又何嘗不是一個典型的賢妻良母呢？將來誰能夠娶到她，便是誰的福氣。可是她會嫁給金門人嗎？金門人誰有福氣娶到她？從她的言談中，似乎未曾談到她的男朋友，難道她還未尋找到意中人？不，那是不可能的，憑她的美貌、憑她的熱誠、憑她的知名度、憑她家的財富、憑她的為人處事，想必，追求她的人一定不少。或許是基於個人的隱私，而不便向他透露吧。況且，愛情這種東西很難講，並非金門人一定要嫁給金門人，只要能許她一個幸福快樂的未來，那些年紀大一點的大官，或是年齡相當的台灣兵，又何嘗不是她尋覓的對象。但願她能尋找到生命中的如意郎君！黃大千想著想著，卻也默默地為她祈禱。

可是有一天，當黃大千來到美麗霞百貨店時，他親眼目睹兩個台灣兵，買完東西後和王美麗正在閒聊。從他們輕鬆的談話中，便知道是熟客。

「我說小辣椒啊，妳不要每天守在這間店好不好，妳應當到台灣見見世面。像妳這麼漂亮的小姐，說不定還可以釣個金龜婿呢！」戴眼鏡的郭啟財說。

「郭啟財，別以為你見過大世面！老實告訴你啦，你們台灣女人才想釣金龜婿，我們金門女人對金龜婿則一點也不感興趣！」小辣椒不客氣地說。

「真是這樣嗎？」郭啟財詭譎地一笑。

「至少我是這樣的。」

「有骨氣！」

「人家小辣椒早已是名花有主了。」一旁的劉德賢插嘴說，「未來的將軍夫人就是她啦！」

「你見到鬼了是不是？」小辣椒不屑地白了他一眼，「不要以為我經常和那些大官在一起就會嫁給他們，也不要以為幾句花言巧語就會被你們這些台灣兵騙走。如果你們有這種想法，的確低估了我小辣椒的智慧。」

「那麼妳是非金門男人不嫁囉？」劉德賢說。

「算你聰明。」

「開玩笑歸開玩笑，其實部隊裡還是有許多優秀的年輕軍官。」郭啟財說著說著竟笑了出來，「我們連長簡直哈死妳了！」

「神經病！」

「我沒有騙妳。他平常看來一副無精打彩的，但是一提起小辣椒，哇塞，那可不得了，雙眼睜得大大的，精神馬上增加百倍。如果妳小辣椒願意嫁給他，這輩子一定幸福！」郭啟財誇張地說。

「劉德賢他最清楚，我是非金門男人不嫁的。」小辣椒故作輕鬆狀，「郭啟財，既然你們連長那麼優秀，就叫你姊姊去嫁給他吧！你姊姊假若能得到幸福，你這個小舅子也與有榮焉，可說是一舉兩得啊！」

「小辣椒，今天才真正領教到妳的伶牙利齒。不過妳說錯了，我姊姊今年已經四十八歲，而且早已出家皈依佛門，永遠沒機會了。」郭啟財故裝神祕地按按手指，「經過我的推算，還是妳小辣椒嫁給他比較恰當。」

「真是這樣，你郭半仙沒騙我？」小辣椒故裝驚奇。

「我怎麼會騙妳呢？不信妳問問劉德賢，他曾經也讓我算過命，準得很！」郭啟財神氣地說。

「郭啟財，你竟然敢在軍中招搖撞騙，你還想不想退伍？」小辣椒警告他說。

「小辣椒，有一句話我說出來妳可不能生氣。」劉德賢試圖替他緩頰。

「我會那麼沒有風度嗎？」

「實際上郭啟財比我們連長還哈妳。他曾經說過，為了妳他願意在金門留十年。」

「你們不要越說越不像話，」小辣椒說著，竟順手朝黃大千一指，「我的男朋友就在那裡，他聽了會不高興！」

小辣椒不知是有意或無意，只見她此語一出，一旁的黃大千整張臉隨即漲紅了起來。郭啟財和劉德賢則尷尬地笑笑。

「說啊，再說啊！」小辣椒指著他們，詭譎地笑笑，「叫你們連長來啊，還是你郭啟財要在金門留十年？我小辣椒就在這裡等著你們的好消息。」

兩人一時無言以對，相視地一笑後轉身就走。

交遊廣闊、見過世面、辯才無礙的小辣椒，豈是這兩個毛頭台灣兵能夠戲弄的對象。然而當他們走後，黃大千的臉龐則仍然有些熾熱，心中的起伏跳動依舊沒有平復，因此，他不敢正視小辣椒一眼。心想，自己只是一個卑微的小人物，王美麗又是他的貴人，他何德何能能成為她的男朋友。那些台灣兵逗弄她，而她竟轉而戲弄他，真是不折不扣的小辣椒，辣得教人難受啊！

「黃大千，剛才我跟那兩個台灣兵說你是我的男朋友，看你馬上就臉紅了，真是笑死人。」王美麗調侃他說。

「我有那個福氣嗎？」黃大千看看她，自卑地說。

「只要爭氣，就有福氣。」王美麗意有所指。

「妳真的不會嫁給大官？也不會跟那些台灣兵到台灣去？」黃大千傻傻地問。

「我從來就沒有那種打算，我會留在自己的家鄉陪伴我的母親。」

「妳這番話可能很多人都不會相信。」

「為什麼？」

「看妳結交那麼多朋友，又那麼活躍，怎麼甘心在這座小島過一生。」

「那是兩回事。」

「怎麼講？」

「我不能離開母親。」

「妳可以帶她一起去啊。」

「母親離不開這塊土地。」

「可是妳能在自己的家鄉找到幸福嗎？」

「幸福掌握在自己的手中，不一定要到異鄉才能找得到。」

「以妳的美貌和富裕的家境，要在這裡找一個能與妳相匹配的人，可能不容易。」

「人的價值不能定位在美貌上，再美的花朵亦有凋謝的一天。富裕的家境與幸福並不能劃上等號，更何況幸福必須由自己去開創，金錢又何能換取到幸福？一個女孩子無論婚前有多麼地活躍，婚後則必須回歸到家庭，這是毋庸置疑的事實。」

「王美麗，想不到妳對幸福人生的定義，竟有那麼深刻的領會和見解，的確讓我既感動又佩服。」

「很多人都說我三八，你認為呢？」

「在我眼裡，妳除了是名符其實的美麗外，更有善良的心地、熱心的心腸、孝順的本質，又是引領我進入公門的大恩人。因此，三八兩字永遠不會在我心中存在。」

「你會在意外界對我負面的批評嗎？」

「王美麗，從認識到現在，我對妳這位朋友始終懷抱著一顆誠摯的感恩之心，那些蜚言蜚語對我來說都是毫無意義的。尤其妳們家是做生意的，消費者幾乎都是軍人，為了生意而跟他們談笑或閒聊都是很正常的事，偶而出去交際應酬又有何不可？但或許是妳的生意手腕較高明，待人也較親切，生意興隆亦有目共睹；加上妳小辣椒的知名度，想不讓人眼紅都難，因此才會引起同業及許多人的嫉妒，繼而加油添醋，盡說些沒有營養的話。」

「我認識的男人可說無數，其中有當地人亦有外地人，有老也有少，有大官亦有小兵，但知音難尋啊！仔細地想想，還是你黃大千最瞭解我。」

「王美麗，如果妳不嫌棄，但願我能成為妳的知音。」

「人與人之間的相識和相處，有時也相當地微妙。這幾年來在這個熙熙攘攘的街道上，讓我看盡人生百態。固然，中規中矩的男人不少，但貪圖女性美色的亦有之。規矩的男人誤以為我三八不敢追求我，這點我可以理解；而那些不務正業的男人誤以為我三八豆腐好吃，我卻不認同。從我們認識到現在，你的行為舉止總是恰如其分，更能在逆境中力爭上游，它也是我對你刮目相看的最大原因。或許，你的身世和家境讓你有點自卑，而這些因素可以用你的意志力來克服，只要你在人生的旅途上踏穩每一個步履，向你既定的目標奮發前進，最後勢必能獲得豐碩的果實。倘若真能如此，除了能消弭你的自卑，更可得到他人的敬重，可謂兩全其美啊！」

「謝謝妳的鼓勵，有妳這位良師兼益友，的確是我的榮幸。雖然我出身卑微，但絕不向惡劣的環境低頭。尤其妳費盡心思協助我進入公門，如此之恩惠，非僅讓我銘記在心，往後亦將朝這方面來努力，但願不要讓妳失望才好。」

「你是知道的，在這個以軍領政的年代，高官的一句話就視同命令，即使只是一個小小的職缺，如果沒有一點人事關係，仍舊是不得其門而入。能力再好，人家不用你，依然徒勞。今天讓你高高興興上台，明天莫名其妙要你下台，你又能奈何？這就是軍管體制下的金門。記住，我現在認識的官員不少，多少還可以使一點力。你要加加油，將來如果有機會的話，看看能不能先佔個正式缺，以後就更有保障。」

「我現在只是一個雇員，那有資格啊！」

「人家要用你，就有資格；人家不用你，就沒有資格。多少人進去時沒有資格，經過一段時間後，個個都取得正式公務員的資格，這就是現在的體制。總而言之，端看人家要不要用你，也得看你本身爭不爭氣。」

「原來這樣。」

「別忘了，有時機會只有一個，萬一錯過了，不知何年何日才能再等到。希望你好好把握。」小辣椒再三地提醒。

「我會的！」黃大千信心滿滿地說。

小辣椒含笑地看看他，一張純樸敦厚的臉龐，緊緊地印在她洋溢著青春的腦海裡。

15

林少校和梁參謀相繼地被調離金門，對於小辣椒來說，除了失去兩個較談得來的朋友，之前每逢年節梁參謀委由她代購的豬肉和蔬菜，雖然接替他的張參謀仍然委由她來代購，但他的品德和修養則與梁參謀大相逕庭。梁參謀充分信任她，的確讓她賺了不少錢。而這個張參謀則要吃、要喝、要拿，還要吃她的豆腐，甚至說些不入流的話。如此之行徑，她已容忍很久了。

「我說小辣椒啊，我準備後天回台灣休假，妳就給我弄兩瓶益壽酒、兩瓶龍鳳酒、兩條黃魚，讓我帶回去和老婆一起分享。聽說益壽酒能壯陽，龍鳳酒能滋陰，黃魚是珍羞補品，三個月才見一次面的老婆，一旦吃了它，晚上一定爽死。」張參謀囑咐著說。

「張參謀，我做你一年三節的生意，所賺的錢有限啊！」小辣椒面有難色地說，「這樣好了，我先幫你買，錢等你關餉再還我。」

「四瓶酒兩條黃魚就那麼一點東西，妳還跟我計較什麼呀！」張參謀嬉皮笑臉地，竟伸手輕輕拍拍她的屁股，復又擰了她一下臉頰，而後色瞇瞇地說：「要不是看妳小辣椒奶子大、屁股翹，人又長得漂亮，年節那些慰勞品，我早已到別家買了。妳也不想想，那些豬肉和蔬菜，動輒就是好幾百斤全由妳來包，價錢也由妳自己算，斤兩亦由妳自己秤，光是三個年節，就讓妳賺滿了荷包，妳還有什麼不滿足的啊！」張參謀說著說著，竟故意用手指觸摸她的胸部，「妳小辣椒摸摸良心看看、摸摸看啊……。」

「張參謀，請你放莊重點！」小辣椒臉一沉，使力地把他的手撥開。

「看妳生氣的俏模樣，多可愛啊！」張參謀依然一副嬉皮笑臉，竟還想伸手擰擰她的臉頰。

「我可愛不可愛與你不相干！」小辣椒一閃，氣憤地說。

「別生那麼大的氣嘛。」張參謀自知理虧，低聲地說。

「從今以後，你張參謀的生意本姑娘不做了，你儘管到別家買去！」小辣椒怒氣沖沖地，「老實告訴你，賺你們那麼一點錢，而你既要吃，又要喝，還要拿，這種賠本的生意沒人願意做啦！」

「不要這樣，有話好好說嘛。」

「並非我大言不慚，上從司令官、參謀長、主任，以及各處組的長官，下至野戰部隊的士官兵，全防區有誰不認識我小辣椒的。除你之外，沒人敢對我如此地輕薄！」小辣椒似乎想以此來威嚇他。

「拍拍妳的屁股有什麼大不了的事？之前我還不是摸過，妳並沒有拒絕，現在怎麼變起臉來了。大家開開玩笑嘛，又有什麼好介意的！」

「你這種行為舉止像開玩笑嗎？你明明就是伸出鹹豬手，趁機吃我的豆腐。不要以為你官大，就可仗勢欺人！老實告訴你，替你們代購的那些豬肉和蔬菜，我賺取的只不過是一點蠅頭小利，而你不僅要吃、要喝又要拿，全防衛部沒有一個參謀像你這樣需索無度的。我已經忍很久了！」小辣椒不屑地說。

「好、好、好，算妳厲害、算妳厲害好不好？」張參謀試圖以笑臉來安撫她的怒氣。

「坦白告訴你，生意人亦有他的人格和尊嚴，豈能任人蹧蹋！你可以回去打聽打聽看看，我小辣椒也不是那麼好惹的！」小辣椒依然不客氣地。

「他媽的，妳說夠了沒有！」張參謀竟老羞成怒，「妳這個臭娘們有什麼了不起！妳以為妳奶子大、屁股翹，長得漂亮是不是？誰不知道妳是一個人盡可夫的爛貨！」

「既然你知道我是個爛貨，你怎麼還會那麼無恥地想摸我一把？由此可見你比我更爛！更無恥！更不要臉！」小辣椒毫不客氣地警告他，「我如果不把你要吃、要喝、又要拿的醜態向政三組檢舉，我就跟你同姓！」

「有種，」張參謀無懼於她，「如果不敢，就是狗養的！」

「大家等著瞧！」

「呸，」張參謀盯了她一眼，復朝地上吐了一口痰，「什麼玩意兒！」隨後轉身就走，不想和她繼續纏鬥下去，也深知自己有不當之處。萬一他真的向政三組檢舉而把事情鬧大，對他來說並沒有好處。為什麼會引起小辣椒那麼激烈的反彈，自己確實有檢討的必要。若是因此而影響自己在軍中的前途，那是得不償失的。

「呸！」小辣椒也不甘示弱，嘴唇蠕動了一下，口水直往他背後吐去，「無恥！不要臉！」

張參謀並非沒聽到小辣椒的咒罵聲，儘管心中怒氣難消，然則不能再回應。可不是，他堂堂一個少校軍官，怎能和一個小女子在大街上爭吵。

果真如此，勢必會引來眾多看熱鬧的人群。即使他以軍官之姿佔上風，但又能光榮到哪裡去。故而，他選擇快步地走離，不想再理會她。更何況這個臭娘們，亦非如他想像中那麼好惹的。反正該吃的也吃了，該喝的也喝了，雖然這一次的酒和黃魚不能得逞，但之前已拿了不少，而且還摸過她彈性十足的屁股。縱使今天被她數落一番，一切仍然是值得的。

無可諱言，軍中的素質確實參差不齊，前有少將後有少校，雖然只是個案，但一顆老鼠屎足可壞了一鍋粥。在無利可圖下，小辣椒早已不想做這筆生意，今天正好可以藉此說個清楚，免得將來讓他需索無度，惹下更多的麻煩。即使一時遭受到他的羞辱，但她亦曾以牙還牙，數落他幾句。至少，沒有讓他再予取予求。更何況自從之前遭受將軍的陷害被抓到憲兵隊後，她對當前社會的生態環境與人心有了更深的體悟，非僅想開了一切，亦能自我調適。因此，激動的情緒很快就隨著忙碌的生意，以及絡繹不絕的人潮而平復了。

但她亦曾想過，假若把張參謀需索無度的醜態，一五一十地向政三組何組長陳述，張參謀勢必會吃不了兜著走。因為政三管的就是軍紀和監察，一經調查屬實，說不定還得移送法辦。倘或如此，他的前途鐵定無亮。可是繼而一想，得饒人處則饒人，他只是行為不檢與貪小便宜而已，兩人之間並沒有什麼深仇大恨。果真讓他受到軍法制裁或是行政處分，這種小人勢必會懷恨在心，說不定會以暴力相向，這是她必須深思的。況且，這筆無利可圖的生意她早已不想做，想必這個色參謀往後也不好意思再到她們店裡來。眼不見為淨啊，屆時，她心裡必將更坦然。假使想繼續做這筆生意，往後並非沒有機會，等他調走後，若能碰到像梁參謀那樣的好人，再設法把這筆生意爭回來並非難事。以她的智慧和人脈關係而言，想達成這個願望，似乎沒有什麼不可能的。

而萬萬想不到，臨近端節時，一位陌生的少校竟主動來找她。他開門見山就說：

「小辣椒，我是剛接慰勞慰問的宋參謀，聽說我們之前的離島慰問，曾經請妳幫忙代購豬肉和蔬菜？」

「以前梁參謀承辦的時候，幾乎都由我代購。換成張參謀後，我也曾經幫他代買過幾次，但今年春節就沒有再找我代買了。」小辣椒據實說。

「這點我知道，我今天就是為了這件事而來的。春節那批貨張參謀不知在那一家買的，豬肉不僅都是肥肉，而且還有怪味道；整籮筐蔬菜上面是好的，下面好些都是腐爛的劣質品，價錢非但貴、斤兩也明顯不足。離島官兵向司令官反映，司令官在晚餐會報發了一頓大脾氣，下令交由政三組徹查。張參謀隨即被調為部屬軍官回台灣待退，他的業務由我接辦。據說妳之前曾經幫我們組裡很多忙，端節馬上到了，我們組長希望妳能再幫幫忙。」宋參謀以央求的語氣說。

「既然你們那麼信任我，我怎能推辭。」

「我代表我們組裡先謝謝妳。」

「並非我落井下石，張參謀不是一個正派的人。」

「妳也看出來了？」

「調走就好，不然的話會惹出更多的麻煩。」小辣椒說著話鋒一轉，不想再談論這個小人，「這樣好了，你先把豬肉和蔬菜的數量以及交貨的時間告訴我，我好準備。至於價錢、品質和斤兩，一定會讓你們滿意。報帳的發票我也會為你準備好，你儘管放心。」

「有妳這句話我彷彿吃了定心丸，我會盡快把數量告訴妳。再次地謝謝妳的幫忙。」

「好吧，就這樣說定了。」

送走了宋參謀，小辣椒打從心靈深處湧出一絲得意的微笑。該來的總是會來，一生能賺多少錢似乎也是天註定。即使她能從這筆交易中賺取應得的利潤，但品質保證、斤兩足，是獲得他們充分信任的主要原因。像張參謀那種需索無度的敗類，終於踢到鐵板，這何嘗不是他咎由自取。而有張參謀的前車之鑑，想必宋參謀絕不會步入他的後塵，往後彼此間的合作，勢必會更愉快。儘管一年三節的離島慰勞品並不能讓她的荷包賺滿滿，但認真說來，這筆錢本非她該賺取的，似乎有撈過界之感，可說是一筆名符其實的額外收入。而仔細想想，舉手之勞便有錢賺何樂而不為啊！即使有人批評她見錢眼開，可是生意人何嘗不是以賺錢為目的，更何況賺錢除了靠運氣，也得靠智慧，更要憑本事，並非空想即可得之的。小辣椒真有她的一套啊！雖然在商場上博得許多掌聲，生活也過得多采多姿，可是在感情上則仍然無所依歸，也因此而引起許多好事之徒者的閒言閒語。

——像小辣椒這種女人，我們金門人誰敢娶啊！每個月賺的錢可能還不夠她買衣服和化妝品。

——她以為自己長得漂亮就了不起啦，聽說有小學老師及公務員託人到她家說親，竟然全被一口回絕了。女人的青春有限啊，如此挑三揀四的，搞不好將來會成為老姑婆。

——我敢保證，小辣椒絕對不是處女，可能早已被防衛部那些大官開苞過，所以不好意思嫁給金門人。最後撿到便宜的，或許就是那些老芋仔士官長或伙伕班長了。

——小辣椒嫁給伙伕班長倒是蠻適合的，因為伙伕班長不怕辣啊……。

聽多了風涼話，小辣椒早已見怪不怪，甚至習以為常。而這些負面的批評，有些竟是她店裡的小妹聽來告訴她的。

「美麗姊，我沒有半句謊言。」

「妳相信他們所說的嗎？」

「當然不信。」

「謠言止於智者，嘴生在人家的身上，隨他們說去。」

「妳真的不在意嗎？」

「妳說我會成為老姑婆嗎？」

「當然不會，妳那麼漂亮，怎麼會沒人要。」

「妳說我會嫁給伙伕班長嗎？」

小辣椒剛說完，惹得小妹哈哈大笑。

「說這種話的人，簡直太沒有知識、也太沒有水準了。」小妹不屑地說。

「這個社會就是這樣，形形色色的人都有。有些見不得人好，有些自命清高；有些胡亂說說，有些隨便聽聽；有些光說別人、不檢討自己。這就是當今社會的現象。」小辣椒有感而發地說。

「美麗姊，經常來找妳的那位黃大千，是不是妳的男朋友？」小妹好奇地問。

「不是什麼男朋友啦。」小辣椒以憐憫之心說：「黃大千是個孤兒，他的一生充滿著坎坷，自小在舅父母貧寒的家庭中長大，可憐啊！自從認識他後，我發覺他不僅老實，也很善良，更有一顆奮發上進的心，所以我才費盡心思、透過關係，設法來幫助他。」

「我看他每次跟妳講話，都是規規矩矩的，不像有些人見到漂亮的女人就胡言亂語，甚至動手動腳趁機吃人家的豆腐。這種失態的行為，的確不可取。」

「現在的年輕人，隨著社會風氣的改變，已沒有之前那麼純樸了，黃大千可說是少數未受感染的青年之一。」小辣椒有感而發地說。

「美麗姊，妳是不是對他留下深刻的印象呢？」小妹調皮地問。

「當然，要不我怎麼會花費那麼多心思來幫助他。」小辣椒大方地說。

「你們是不是慢慢在培養感情？」

「感情不是靠培養，而是要真誠相待。人與人之間如果能真誠相待，自然能衍生出懇摯的情意。倘若不能以誠相待，何時才能培養出真摯的感情呢？」

「我以為感情只要男歡女愛就可以了，想不到還必須具備真誠，才能衍生出懇摯的情意。美麗姊，不是蓋的，妳真有一套！」

「這幾年來，在商場上雖然讓我賺了不少錢，但也從這個現實的社會，看盡了人生百態。我發覺到一個女人，無論她年輕時有多麼地標致和活躍，最後都必須回歸到家庭。倘若真要選擇一個終身的伴侶，像黃大千這種在地青年似乎較可靠。」

「怎麼說呢？」小妹不解地問。

「首先必須衡量自己的身分。就譬如我吧，雖然外貌差強人意，但所受的教育則有限，即使現在受到諸多男人的青睞，可是他們看的卻只是女人姣好的面貌和身材。一旦受到某種誘惑而盲目地跟隨身分不搭配、卻又瞭解不深的人遠離這塊土地，待養兒育女、人老珠黃後，或許就是苦難的開始。儘管幸福美滿者有之，然而，一個年輕時出盡風頭的女人，一個曾經被眾多男人追逐的女人，當青春年華退盡而失去昔日的光彩時，絕對是禁不起任何打擊的。縱然在地青年顯得較土氣，但那是純樸與敦厚的象徵，也惟有這種人，才是女人最後的依靠。從側面上瞭解，很多人都誤以為我穿著新潮，裝扮時髦，愛慕虛榮，又認識那麼多大官及台灣兵，將來一定會嫁到台灣去。其實他們的想法是錯誤的。」

「妳會嫁給我們金門人？」小妹疑惑地問。

「如果有緣的話，我會在這座生我育我的島嶼尋找歸宿，而且永遠不會離開。」

「美麗姊，想不到妳與這塊土地衍生出那麼深厚的感情，更有異於一般人的想法，的確是出乎我預料之外。」

「在妳的想法裡，可能以為我經常跟那些大官或阿兵哥在一起，會迷戀他們的官位而跟他們走，成為老少配或是做人家的姨太太；抑或是被那些花言巧語的台灣兵騙走，玩過後再甩開，然後淚流滿面地再回到這座島嶼。是這樣嗎？」

小妹點點頭笑笑。

「小妹，妳放心，我沒有那麼笨。我跟那些大官混在一起，是利用他們的關係替鄉親服務；跟那些小兵打成一片，是利用他們來照顧我們的生意。妳是親眼看到的，為什麼別人要不到太武輪的船票我們要得到？為什麼別人的生意始終沒有我們的好？這就是我們的本事。」小辣椒得意地說。

「美麗姊，我想除了本事外，還必須有一張漂亮的面孔，一副火辣的身材，才能吸引男人。如果是一個醜八怪，即使有再大的本事，也是枉然啊！」

「妳說的不無道理，不管是男或女，似乎都有這種通病。就好比妳理想中的男朋友，除了人品外，總不會是一個麻臉或瘸子吧！」

「美麗姊，妳真是名符其實的美麗，當然，小辣椒亦非浪得虛名，讓人好羨慕啊！」

「妳生來也是一副美人胎啊！」小辣椒誇讚她說。

「若與妳相比，那真是東坡與西坡，差太多。」

「何以見得？」小辣椒笑著說。

「美麗姊，妳是既紅又辣的小辣椒，而我若非菜椒就是青椒。故而，此椒豈能比那椒，東坡焉能比西坡，當然差多。」小妹幽默地說。

「小妹，想不到妳知道的典故還真不少，三年國中沒白唸啊！竟能一出口便成章，簡直太令我佩服了。」

「比起美麗姊，差多囉！」

「別忘了，我只讀過小學，若要跟妳這個國中生相比，那才差多呢！」

如此地妳一言我一語，兩人談得多麼盡興啊！由此，似乎也可以看出小辣椒對這塊土地的眷注，以及打破某些好事之徒者的眼鏡。然而，講歸講、說歸說，若以小辣椒各方面的條件而言，是否真能貫徹始終則是一個未知數。一旦遭受金錢的迷惑，一旦受到巧言或現實因素的引誘，誰又能保證她不會自毀諾言、跟著相愛的人離開這塊土地呢？或許，只有讓無情的歲月來證明一切。

16

「皇天不負苦心人」雖然只是一句激勵人心的話，但對於自小失學又順利地通過普通檢定考試的黃大千來說，更有非凡的意義。儘管它只是參加普考的資格考，與取得正式公務員之路仍有一段距離，然如果沒有跨越這個門檻，路途勢必更遙遠。即使無關升遷，仍難掩內心的興奮，於是他趕緊把這則喜訊告訴王美麗。

「黃大千，憑你的聰穎和努力，我知道你一定會通過的。年輕人就是要懂得奮發向上，將來才有前途。」小辣椒高興地說。

「如果沒有妳的拉拔和鼓勵，或許我今天仍然是一個農夫，那有機會進入公家機關。」黃大千由衷地說。

「不，我只是善盡朋友之責而已，所有的一切，都是你努力的成果。」小辣椒不敢貪功。

「固然自己的努力很重要，但是在這個以軍領政的時代，誰的關係好，誰的後台硬，誰就佔上風。無論是任用也好，升遷也罷，都是如出一轍的，誰膽敢不服氣？」

「你終於看到社會的真面目了，認真說來這種現象早已見怪不怪。逢迎拍馬的人幾乎每個單位都有，為了達到目的而不擇手段更是大有人在。少數沒有格調的長官往往會抓住部屬的弱點，故意放出升遷或出缺的風聲，好讓那些想升官或佔缺的部屬心癢癢。然後找機會向他們釋出善意，謂某某缺準備由他來佔，或是準備升他擔任某職務，再假借請客或送禮之由，請他們先付帳或代購、代墊。而一天、兩天，一個月、兩個月過去了，不但沒佔上缺，官也沒升成。長官不主動把帳款歸還，部屬豈敢向他要，只好啞巴吃黃蓮自認倒楣。誰教自己想升官想昏了頭，卻又鬼迷心竅想佔缺。金門人太純樸、太善良了，最後才會落得官財兩空。這就是戰地政務體制下，某些單位的官場文化。」

「原以為公家機關較單純，想不到竟有這種情事。」黃大千感到有些訝異。

「也不是每個單位都這樣，端看主管個人的品德和修養。雖然你已通過普檢但普考並非易事，想跨越這道關卡必須經過一番努力，俗語不是說，不經一番寒徹骨，焉得梅花撲鼻香。以你目前的認真和勤奮，或許很快即可水到渠成。我對你有信心。」

「妳的鼓勵就是我邁向成功的原動力。王美麗，我不知該如何感謝妳才好。」

「不要把感謝兩字掛在嘴上。雖然我們的相識是一種偶然，但似乎也是一種緣分，彼此間都應該珍惜。」

「我能領會到妳對我的關照，即便我們的年齡相仿，可是妳已在社會上歷練多年，無論為人處世與人脈關係或是家庭環境，我遠遠不如妳。在我的感受裡，妳就像是姊姊對弟弟般的疼愛，尤其我們非親非故，而妳卻始終以一顆誠摯之心來待我，太讓我感動了。」

「黃大千，雖然我們生長的環境不同，但都是從苦難中走過來的人。別忘了，人生最可貴的友情就是知己，尤其在這個現實的社會，知音更是難尋。一旦能成為知己，理當相互鼓勵和扶持才對。可是從你的言談中，我發覺你有點自卑，這是一種不健康的想法。儘管每個人的家庭環境和際遇不同，但人格則是相等的，希望你能把那些不健康的想法完完全全拋棄掉。倘若能如此，不僅能減輕彼此間的心理負擔，亦可無拘無束、天南地北地談個沒完，這樣不是很好嗎？」

「我認同妳的說法，可是在短時間內要完全除卻心中那道陰影，似乎也不是一件容易的事。」

「我能瞭解你的想法，但站在朋友的立場，卻也必須奉勸你，過度的自卑往往會影響自身的鬥志。與其活在痛苦的深淵裡，還不如打起精神奮力前進，只要能通過普考取得正式公務員資格，勢必能讓所有的人刮目相看。」小辣椒鼓勵他說。

「不容易啊！我們科裡有一位辦事員，連續考了好幾年都沒考上。」黃大千面有難色地說。

「國家考試當然不容易，可是為什麼有人能考上？我們不是經常聽人說，機會永遠留給準備好的人。況且，普考與普檢一樣，它是可以保留的。譬如說：今年國文與憲法及格，明年這兩科就不必再重考，只要考其他科目即可。如此的分段準備，加上你的聰穎和努力，不出幾年必可美夢成真。」小辣椒分析著說。

「王美麗，想不到妳樣樣懂、樣樣通，而我卻樣樣不如妳。」黃大千搖搖頭，苦澀地笑笑。

「好了，我們不談這些沉悶的問題。雖然你是一個大男人，但在坎坷卻又現實的人生道路上，還真需要有一個大姊姊來引導你、來開導你。」小辣椒無奈地笑笑。

「說來可笑，我之前協助舅舅務農的時候，的確練就了一身粗氣大力。無論是犁田、施肥、除草或挑重擔，幾乎都難不倒我。可是一踏入社會，彷彿成了一個土包子。儘管在辦公室裡要抄要寫均能勝任，但外面許多事則懵懂無知，經過妳不厭其煩地開導，彷彿讓我在驟然間開竅了起來，也真正領教妳小辣椒的厲害！」

「你之前不是都叫我王美麗嗎？怎麼突然叫起小辣椒來呢？」小辣椒故意說。

「別人能叫，我為什麼不能？」黃大千笑著說，「剛才不是有一位小朋友來買肥皂，他不就直喊妳小辣椒嗎？我看妳還笑容滿面地招呼他呢！可見妳對這個綽號早已不以為忤，甚至習慣成自然了。既然這樣，我當然也可以叫妳小辣椒啦！而且如此地一叫，彷彿更加地親切。」

「老實說，自從有了這個綽號後，除了我媽外，幾乎大大小小、老老少少，不分官或兵，人人都叫我小辣椒。當然，也有人暗中叫我三八阿麗。」小辣椒豁達地說：「其實叫什麼都一樣，我無所謂，只要人家高興就好，沒什麼大不了的事啦！」

「不過，」黃大千頓了一下，「我還是喜歡叫妳王美麗。」

「為什麼？」

「人若其名啊！」

「真是這樣？」

「當然。」

「不管真美麗或假美麗，年輕時叫美麗還差強人意；一旦到了七老八十還叫美麗，就有點諷刺了。」

「不會，美麗將永遠伴隨妳一生。」

「黃大千，怎麼突然間，你的嘴變甜了，真是想不到！」

黃大千靦腆地笑笑，一時不知該如何來回應她。

「人生就是這樣，很多人都喜歡聽好聽的話，包括你我在內。但它必須發自心靈深處誠摯的聲音，才能讓對方感受到真誠實意；反之，則有被揶揄之感。」

「王美麗，我講的句句都是實話。」黃大千緊張地，「妳千萬別誤會。」

「我只是比方說說而已啦，你別緊張兮兮的好不好？」小辣椒笑著說。

「我很珍惜這段友情，也很珍惜妳說過的每一句話，因為妳未曾瞧不起我，而且還時時刻刻地在引導我、幫助我、鼓勵我，讓我在社會上能有一個立足的地方。假若因我的失言而引起妳的誤解，那是我不願見到的。」

「真正的友情是建立在相互瞭解和包容。我是一個直性子的人，一旦你有錯，我會馬上糾正你，而不會記恨在心，這點你必須瞭解，因為我早已把你當成知己。認真說來，我並沒有幫你什麼忙，所有的一切完全是你努力換取而來的成果。我只不過是順手推舟而已，千萬別記掛在心。」

「不，我之能有今天，完全歸功於妳的拉拔。要不是妳透過關係幫我引薦，憑我的學歷和能力，豈能在那麼短的時間，由工友升上雇員。」

「其他的不必多說，你後續還有一段長長的路要走，趁著我還認識一些人，你必須把握住機會，誰能先佔到缺，誰就是贏家。」

「可是我並沒有資格。」

「你不是說你們科裡有一位辦事員，普考連續考了幾年都沒考上嗎？可是他憑什麼幹上辦事員的，不就是靠關係嗎？既然有人能靠關係佔缺、升官，你為什麼不能呢？至於考試方面，如果能通過普考那是再好不過了，萬一不行，只要佔到缺，過幾年依然可以參加考選部在金門舉辦的公務員考試。聽說這種銓定考試，比普考容易多了。縣政府屬下的許多職員都是因此而取得正式公務員資格的。」

「原來這樣啊，難怪有些人的學歷只有小學畢業或初中肄業，而且有人已幹上科員或股長了。」

「戒嚴軍管雖然造成居民諸多不便，但公家機關任用的並非全是退伍軍人，很多有關係的鄉親也蒙受其利。如果因此而取得正式公務員資格，除非犯法，要不，將是一個鐵飯碗。不僅會受到應有的保障，也是人人羨慕的職業，比起種田，簡直強上好幾倍。雖然在奮鬥的過程中，難免會遇到荊棘，但別忘了，風雨過後，一定會出現美麗的彩虹。」

「王美麗，我能瞭解到妳對我的期許，我會加油的。」

黃大千說後，小辣椒以一對深情的目光凝視著他，兩人是否會因此而碰撞出熾熱的愛情火花？還是純粹站在朋友的立場相互鼓勵？如果沒有各自的盤算，那是不可能這樣的。然而，若依小辣椒的條件，會愛上家境與身分與自己相差甚遠的黃大千嗎？而自卑感甚重的黃大千，敢主動地去碰觸愛情這個區塊嗎？即使往後什麼變化都有可能，真正的愛情亦難以用世俗的眼光來審視，一切就交由無情的時光來告訴我們吧……。

17

時光匆匆，一年一度的中秋佳節又降臨在這座歷經苦難的小島。秋節那晚，住在村郊的駐軍，幾乎都會在營區舉辦夜光晚會。為了敦親睦鄰、軍民同歡，部隊長總會透過村里公所，邀請幾位婦女隊員參加，以增添歡樂的氣氛。當然，村里公所遴選的女隊員，除了端莊貌美外，也必須會唱幾首歌，甚至還會跳點舞，才能達到軍民同樂的歡悅效果。副里長第一個想到的就是小辣椒，其美貌不在話下，歌聲更如出谷黃鶯，甚至還會跳點舞、扭兩下。曾經有金防部某高官看過她的表演後加以遊說，準備把她網羅到康樂隊當隊員，可是小辣椒卻沒有意願。

那晚明月皎潔，微風徐徐，五位婦女隊員在副里長陪同下，來到由砲兵營駐守的營區。操場四週早已坐滿了官兵，桌上也擺滿著柚子和月餅，當一行人由營長陪同進場時，隨即響起一陣熱烈的掌聲，而後由一位弟兄領頭高喊：「小辣椒！」在座的官兵馬上拍了三下手來呼應。形成一股「小辣椒，拍、拍、拍」，「小辣椒，拍、拍、拍」的有趣畫面。如此的情景連續好幾分鐘始告結束，小辣椒受歡迎的程度可見一斑，其他隊員則相形見絀。營長、副營長、營輔導長更是樂得哈哈大笑。好的開始就是成功的一半，今晚的夜光晚會就從此刻開始，熱鬧的氣氛不言可喻。

營長簡短致詞後，由一位字正腔圓的少尉軍官擔任主持人。首先由十位弟兄拿著鍋碗瓢盆敲敲打打、說說唱唱，也是部隊小型康樂競賽經常出現的兵演兵，而後再穿插婦女隊員的獨唱，最好的節目則留在最後，也是俗稱的壓軸。弟兄們既吃柚子又嚐月餅，而雙眼則緊盯著表演者。尤其每當婦女隊員出來演唱，更觸動著他們的心扉，除了激烈的鼓掌拍紅了他們的雙手，再來一個、再來一個的尖叫聲也喊啞了他們的喉嚨，讓今晚的月光晚會沒有冷場，讓現場官兵歡娛的情緒達到最高點。

雖然尚未輪到小辣椒演唱，但從四面八方投射在她身上的眼光，足可見弟兄們對她熱切的期待。然而，好戲必須留在後頭，始能把這場晚會帶到前所未有的最高潮。坐在她身旁的是既年輕又帥氣的副營長，只見他殷勤地為她倒茶、遞月餅、剝柚子，偶而還低聲地交談著，不知羨煞多少人。

然而，儘管小辣椒有異於其他女性的火辣身材和高雅氣質，可是副營長亦非省油燈。他畢業於陸官砲科，三十來歲已幹上少校副營長，在軍中的前途一片看好。尤其是他的父親官拜中將次長，更讓他如虎添翼；而母親則是大學教授，管教雖嚴，卻以開放式的教育讓他自由發展。故此，即使出身官宦世家，但並沒有讓他成為紈袴子弟或是不食人間煙火的書呆子。無論在中學或軍校就讀，除了學業成績名列前茅，亦是十分活躍的人物，在軍中更深獲長官的器重與部屬的敬愛和尊崇，可說是一位優秀的國軍幹部。而此時與小辣椒坐在一起，讓人眼睛為之一亮，如果能就此配成雙，那還真是郎才女貌呢，難怪全場官兵都投以羨慕的眼光。

當主持人以高亢的聲音說：

「弟兄們，時間過得很快，剛才明月方從地平線冉冉地昇起，想不到現在卻已高掛在天際，而此時此刻，也是我們今晚月光晚會即將進入尾聲的時候。現在，我們以熱烈的掌聲，歡迎最美麗的軍中情人小辣椒，為我們高歌一曲！」

主持人說後，全場隨即響起熱烈的掌聲和歡呼聲，直到小辣椒上台始告緩和。

只見小辣椒含笑地舉起纖纖玉手，不停地向四週揮動，而後大方地說：「朋友們，中秋節快樂！」現場再次響起如雷的掌聲。「首先我為大家唱一首時下最流行的《午夜香吻》，希望諸位喜歡。」又是一陣熱烈的掌聲。

於是，小辣椒展開她優美的歌喉，深情款款地唱著——

情人 情人　我怎麼能夠忘記那　午夜醉人的歌聲
情人 情人　我怎麼能夠忘記那　午夜醉人的香吻
多少蝶兒為花死　多少蜂兒為花生
我卻為了愛情人　性命也可以犧牲
情人　情人　我怎麼能夠忘記那　午夜醉人的歌聲
情人　情人　我怎麼能夠忘記那　午夜醉人的香吻
多少蜂兒為花死　多少蝶兒為花生
我卻為了愛情人　性命也可以犧牲
情人 情人　我怎麼能夠忘記那　午夜醉人的歌聲
情人 情人　我怎麼能夠忘記那　午夜醉人的香吻
香吻 香吻　香吻　香吻

小辣椒唱著、唱著，眼神竟不自主地瞟向副營長，是送秋波？還是感謝他殷勤的接待？抑或是別有用意？只見副營長抿著嘴，頻頻地點頭微笑著。是欣賞她美妙的歌聲？還是感受到她的情意？或者什麼都不是？即使這種如電流般的眼波，並不能矇過現場的官兵，可是卻也不能胡亂地加以臆測，因為這種微妙的東西，只有當事人才能有切身的感受。

小辣椒唱完後，熱烈的掌聲與「再來一個、再來一個」的尖叫聲再次響起。雖然她沒有辜負眾望，但卻拋出一個難題：「謝謝大家的掌聲，下面再為諸位唱兩首歌，一首是《月下對口》，另一首是《送情郎》，可是這兩首歌必須男女對唱。」小辣椒說著竟提高了嗓門：「希望台下會唱這兩首歌的弟兄們，上台和我一起對唱好不好！」

小辣椒說後台下的喧嘩聲則在驟然間靜止，即使有人會唱，也不好意思上台獻醜。在沒人敢上台的同時，台下突然冒出「副營長」，於是眾人齊聲鼓噪：「副營長，副營長！副營長，副營長！」然後再以激烈的鼓掌聲催促他上台。這個突如其來的舉動，的確讓副營長尷尬萬分，幸好他對這兩首歌並不陌生。當弟兄們再次拍手鼓噪時，副營長猶豫了一會，最後不得不鼓起勇氣起身上台。他先禮貌地向小辣椒點頭致意，小辣椒比畫了一個「請」的手勢，示意要他先唱。

於是——

副營長唱著：

天上的明月光呀　照在那窗兒外
為什麼　窗不開　我在窗外獨徘徊
我對了窗兒問呀　莫不是人已睡
要不是為了她已睡　為什麼窗不開
為什麼　窗不開　我在窗外費疑猜
除非是忘了有約會　所以那窗不開

小辣椒接著唱：

天上的明月光呀　照在那窗兒外
你不要費疑猜　窗裡人兒沒有睡

我不是睡不穩呀　只因為你要來
守在那窗外靜等待　所以那窗不開
你不要費疑猜　窗裡人兒沒有睡
守在那窗外靜等待　明白你不明白

副營長唱：

你生來好風采呀　像仙女下凡來
人嬌美　歌輕脆　彷彿鶯聲轉花外
我聽了你唱歌呀　心花兒躲躲開
只希望和你長相偎　永遠不分開
你唱歌　我跟隨　一天聽個千百回
只希望和你長相偎　永遠不分開

小辣椒唱：

我是個農家女呀　缺少那好風采
你讚美　我慚愧　烏鴉難與鳳凰配
我只好鄉村待呀　永遠不分開
自己種花兒自己愛　等著那花兒開
等花開　把花採　自己採花自己戴
只能夠常在鄉村待　永遠不分開

當唱完各自部分後，兩人竟手拉手，齊聲高唱：永遠不分開，然後再向台下深深一鞠躬。兩人優美的歌聲和表情，以及超乎想像的效果，比起專職的康樂隊員毫不遜色，讓台下官兵聽得如癡如醉，掌聲持續好幾分鐘始停止。於是，時值八月秋風陣陣涼的此時，他們又對唱了《送情郎》——

小辣椒唱：

八月秋風陣陣涼　妹在山坡送情郎
千言萬語說不盡心頭話

但願郎此去　人馬平安
事事如意早還鄉　早還鄉

副營長唱：

八月秋風柳梢兒黃　哥到城裡走一場
千山萬水擋不住心中意
但願我與妹　姻緣美滿
八字巧合配成雙　配成雙

小辣椒接著唱：

八月中秋月光光　妹在山坡等情郎
月上柳梢你可要回家轉
但願你回來　花燭高香
彩禮喜帖辦妥當　辦妥當

副營長唱：

八月中秋好月光　哥從城裡趕回鄉
花好月圓我倆又再相會
但願我與妹　喜氣洋洋
百年好合拜花堂　拜花堂

即使「再來一個、再來一個」的喊叫聲不斷，但距離宵禁時間已不遠，主持人不得不宣佈晚會結束，弟兄們只好懷著失望的心情回營房。營長再怎麼思、怎麼想，也想不到今年的月光晚會，竟有如此高昂的歡樂氣氛。除了必須感謝來參與的婦女隊員，對於小辣椒的美貌和歌聲，以及自己的副營長竟能和她搭配得天衣無縫，的確也是他臆想不到的。一個是英挺帥氣的年輕軍官，一個是既美又辣的名女人，兩人似乎也是帶動今晚這場月光晚會邁向高潮的主因。營長看看他們，內心的興奮難以言喻，笑靨久久地停留在他黝黑又嚴肅的臉龐。

「副里長，謝謝你帶來五位那麼漂亮的婦女隊員，來參加我們的月光晚會。」臨別時，營長握住副里長的手客氣地說。

「難得有這個機會，軍民同歡嘛，應該的、應該的。」副里長禮貌地說。

「小辣椒的歌聲不亞於台灣的歌星啊！唱得太好了。」營長誇讚著說。

「你們副營長的歌喉也是沒話講，和我們小辣椒搭配起來，簡直像一對歌壇情侶，讓那些阿兵哥聽得如癡如醉、欲罷不能。」副里長笑著說。

「我們年年中秋都舉辦月光晚會，就從來沒有像今年這麼熱鬧。他們兩人確實是功不可沒啊！副里長以歌壇情侶來形容他們，倒也十分恰當。」營長說。

一旁的副營長不好意思地看看小辣椒，想不到小辣椒雙眼正凝視著他，兩人像觸電般地一怔，怎麼能以歌壇情侶來形容他們，彼此尷尬地笑笑。然而，拋棄雙方的家世與學歷不說，如果純以外貌而言，一個是相貌堂堂的年輕軍官，一個是麗質天生的大美人，倘若真能成為情侶，那還真是天生的一對呢。儘管這只是旁人的觀點，但自古就流傳著英雄愛美人的佳話，至於是否要門當戶對，端看雙方對感情的體認和誠意了。

果真，當中秋過後秋風陣陣涼時，美麗霞百貨店多了一位常客，他就是砲兵營少校副營長劉漢中。

「我該叫妳小辣椒，還是王小姐？」副營長以調皮的口吻問。

「你愛叫什麼就叫什麼，我無所謂。」小辣椒坦然地說。

「那麼我還是叫妳小辣椒好了。小辣椒、小辣椒，叫起來多親切啊！」

「說來也是，如果現在叫我王小姐，聽來還真有點彆扭。」

「其實妳小辣椒的大名我早已聽過，但據說經常有防衛部的大官來找妳。儘管對妳心儀許久，可是卻不敢貿然來打擾，想不到會在秋節那晚見到妳，真是太意外、也太興奮了。」

「人生就是這樣，想不到的事的確很多。」小辣椒有感而發地說。

「怎麼講？」副營長不解地問。

「想不到你堂堂副營長，會幫我倒茶剝柚子；想不到我點的那兩首歌你全會唱，而且唱得那麼好；想不到那兩首歌會引起那麼多掌聲，甚至欲罷不能！副營長，你說說看，人生是不是有許許多多讓人臆想不到的事？」

「不錯，人生確實有許多讓人臆想不到的事。想不到小小的金門島，竟有像妳這種麗質天生的美女；想不到妳小辣椒待人竟是那麼親切，一點也沒有大小姐的嬌氣和傲氣；想不到妳的歌聲竟是那麼美妙，台風也那麼穩健；更想不到所有的弟兄們都那麼喜歡妳，想不讓人敬佩也難啊！」

「副營長過獎了，我只是一個土生土長的金門女孩，沒有你想像中的那樣啦！」小辣椒謙虛地說。

「我說的都是實話。」副營長認真地說。

「副營長家住台灣什麼地方？」

「台北，我爸也是現役軍人，住的是眷舍。」副營長據實說。

「眷舍的格局不都是很小嗎，夠住嗎？」小辣椒別有用心地問。

「我們家的眷舍將近三十坪，可說不小，但人口簡單，只有我爸媽和我三個人住。而我和我爸都是四海為家的現役軍人，我媽則住在任教的學校宿舍，遇有假日才能回家相聚，平常整棟房子幾乎都空著的。」副營長坦誠地說。

想不到小辣椒短短的一句話，竟讓副營長的家庭狀況全曝了光。父子同是革命軍人，母親是作育英才的老師，他是獨子，住的是眷舍。即使她不好意思再追問下去，但對於他的家庭狀況，至少已有了初步的瞭解。可是它意味著什麼呢？難道小辣椒對眼前這個英挺帥氣的副營長有了好感？要不，她怎麼會那麼無聊地去打聽別人家的家庭狀況？而副營長之於願意把自己的家庭狀況告訴她，是否也想讓小辣椒對他們家多一番瞭解？或許，一種微妙的情愫正逐漸地在他們心中滋長，假以時日必將茁壯。果真如此的話，小辣椒信誓旦旦不會離開這塊土地，以及不會嫁給外地人的諾言勢將完全破滅。當她認識了副營長之後，是否還會那麼熱心地幫助黃大千？還是從此之後成為相逢不相識的陌生人？

雖然小辣椒對黃大千照顧有加，可是認真說來，兩人只是一般朋友而已，並未涉及到男女之間的任何問題，亦未曾私訂鴛盟或許下任何諾言。儘管小辣椒與副營長彼此都留下深刻的印象，心中的愛苗亦有逐漸萌芽的徵象，然而，若要論及婚嫁似乎尚早。縱使兩人的愛情禁得起歲月的考驗，足可讓它昇華到最高點，但是副營長的中將父親，以及擔任大學教授的母親，是否能接納一個僅小學畢業的金門女子成為他們家的媳婦？或許，一切一切都是未知數。可不是，他們身處在一個變化多端的世界，尤其是男女間的感情，時時刻刻都充滿著難以預測的變數，沒有什麼絕對或不絕對。但願副營長和小辣椒都不是那種見異思遷的人，只要情投意合，就必須排除萬難，始能攀上愛情的最高峰，始能有情人終成眷屬。

18

小辣椒和副營長交往的事很快就在這座島嶼傳開，雖然引起防衛部某些大官的吃味，但經過瞭解，這個副營長的來頭還真不小。可是他為人則謙虛低調，從不向人炫耀自己的家世，這是相當難得的。即使他只是一個少校，但老爸則官拜中將，而且還深受層峰的器重，誰敢保證不是未來的總司令人選呢？況且，他除了學識好、能力強，又是一位優秀的領導幹部，經過副營長這道關卡的歷練後，只要年資一到而有缺，接任營長可說指日可待。

於此，在沒有違反任何軍紀的情由下，與當地女孩子正常交往並沒有什麼不妥之處，又何須搬出自己顯赫的家世來壓人。固然，對於某些知道他身世的人來說，以他的條件理應在台灣找一個名門閨秀，怎麼會愛上一個僅只小學畢業的金門女孩。而且這個女孩雖然長相不錯，但不僅交友複雜，豆腐也被阿兵哥吃盡，怎麼能與前途無量的副營長相匹配。果真有一天兩人步上紅地毯，不被人指指點點才怪。屆時，次長和教授的顏面將盡失，副營長也光榮不到哪裡去，因為他老婆的奶子被人摸過啊！

然而，愛情有時是盲目的，有些熱戀中的男女，往往只顧及一時的歡樂而不計後果，當生米煮成熟飯後悔已來不及了。縱使副營長有顯赫的家世，也是一位優秀的國軍軍官，但或許是受到現實環境的使然，對於男女間的感情則猶如一張白紙，似乎沒有小辣椒老練。即使小辣椒並沒有真正談過戀愛，可是她認識的人不僅多，也看盡了社會百態，以及形形色色的男人。如果兩人真要在情場上較量，恐怕副營長不是她的對手。

副營長小時住的是眷村，從軍報國住的是軍營，軍校畢業分發到部隊，過的則是枯燥乏味的軍中生活。倘或遇到星期假日，大部份都是在營區看看書，或和同事出去看場電影，豈能像一般士官兵到撞球店或冰果室泡妞去。雖然每逢返台休假，父母親總會抽空安排幾場飯局，好讓他多認識一些女孩子。然而總是在倉促中度過假期，並未發覺到自己中意或較談得來的女子。因此，儘管在軍中深得長官的賞識與器重，升遷亦未曾耽擱，未來的前途可說無可限量。但是在感情生活方面，交出來的仍舊是一張白卷。

故而，當他第一次見到小辣椒時，的確有驚為天人之感。雖然是在眾目睽睽的月光晚會上，但他還是偷偷地瞧著她，甚至以少校副營長之姿藉故幫她倒茶、送月餅、剝柚子。尤其當兩人對唱過後手拉手向台下鞠躬的那一刻，更是讓他興奮到極點。那晚，腦中盡是小辣椒美麗的倩影以及那雙纖纖玉手，而不是「反攻大陸，消滅朱毛」的國軍使命。可見愛情的魅力有多麼地偉大，難怪被尊稱為民族救星的蔣介石，也難逃宋美齡那道情關。試想，一個少校副營長愛上美麗大方的金門女孩，又有什麼好大驚小怪的。或許，那些自命不凡卻又不懂得愛的人，才是怪物，才讓人感到奇怪！

從副營長駐守的營區到新街，只短短幾分鐘便可抵達。在沒有公務待處理或任務待完成的空檔裡，每當晚飯後，副營長總會向營長打聲招呼，以散步的方式悠哉遊哉地來到美麗霞百貨店，任憑見小辣椒一面也好，遑論是天南地北聊個沒完。然而，即使兩人的感情已達到某種程度，但卻未曾在大庭廣眾露臉，始終保持低調，因為人言可畏啊！社會經驗豐富、對軍中生態環境亦有一些瞭解的小辣椒，她懂得如何來保護副營長的形象，不能因一時的歡悅而影響到他在軍中的前途。因此，兩人從未一起去看過電影，亦未曾到郊外或溪畔散過步，家裡的客廳就是他們增進感情的地方。而且由起初隔著茶几面對面，到兩人肩並肩坐在一起，感情的溫度已不斷地向沸點攀升。

儘管副營長穿的是軍裝，掛的是少校官階，可是卻難敵小辣椒火辣的身軀與熱情。於是經常地，趁著四下無人時，他們和一般熱戀中的青年男女沒有兩樣，有柔情的愛撫，亦有激情的擁抱和熱吻。可是在這場沒有煙硝味的戰爭中，出身官宦人家的副營長，當反攻號角響起時準備衝鋒陷陣的副營長，卻大大不如一個在地的婦女隊員。縱使小辣椒之前並沒有和男性有較親密的接觸，但基於熟女的本能，無論是熾熱的香吻或是柔情的擁抱，都徹底地讓副營長嚐到未曾嚐過的甜頭。但是，每當副營長克制不住內心那團即將噴出的慾火，而有更激情的動作時，小辣椒的表現則是冷靜的、理智的。因為她深知在婚前，什麼是該做的，什麼是不該做的，不能讓人乘虛而入。

「副營長，未來的日子還長呢，凡事不能急於一時。」小辣椒撫撫他的臉，安慰他說。

「對不起，我不夠冷靜，的確有理智控制不住情感的時候。」副營長不好意思地說。

「不，我不會怪你，這是一個正常男人該有的現象。」小辣椒不在意地說。

「和妳在一起，讓我感受到前所未有的幸福。」副營長說後，緊緊地把她摟住。

「真的嗎？」小辣椒雙手環抱他的腰，柔聲地說。

「我像是一個愛情騙子嗎？」副營長輕輕地撫撫她烏黑柔美的髮絲，反問她說。

「我能感受到你的誠心真意，但對於未來，有些事是很難預料的。」小辣椒有所顧慮地說。

「怎麼說呢？」副營長不解地問。

「我們是不是相配？」

「當然。」

「你的父母贊成我們交往嗎？」

「妳是一個既美麗又善良的女孩，他們沒有反對的理由。」

「這只是你個人的想法而已。」

「我的父母並不頑固，相信他們會喜歡妳的。」副營長誠摯地說。

小辣椒抬起頭，以一對水汪汪的眼睛凝視著他，即使這是一個甜蜜幸福的時刻，但愈是這樣，愈讓她有更多的顧慮和心理負擔。仔細地想想，自己的家世與副營長相差十萬八千里，學歷亦與他相差一大截；而父親早逝，母親識字不多，焉能與他中將父親教授母親相比。雖然自己生來不難看，不僅有一張標致的臉，亦有一副傲人的身材，可是美麗並不能代表一切。

如果僅憑一個漂亮的臉孔嫁入豪門，自己卻不學無術又缺乏內涵，怎能獲得公婆的歡心？怎能成為官宦人家的媳婦？若以副營長之學識、才幹，以及其父在軍中的影響力，或許不久的將來，一對金光閃閃的星星勢必會在他肩上閃爍，成為國軍最年輕、最優秀的將軍已是指日可待。果真如此，他理應找一個門當戶對的大家閨秀做為他的賢內助，方能與他的家庭與身分相匹配。倘若自己不計後果而盲目地被愛情沖昏了頭，往後絕對沒有好日子過，甚至會因此而遍體鱗傷，這是她必須深思的問題。

除此之外，還有年邁的母親，她曾經向她老人家承諾過，她會留在這塊土地侍候她終身的。如果真那麼狠心地跟著副營長一走了之，又如何對得起養育她長大的母親。即使自己有帶她一起走的想法，但母親會答應和她一起投入到台灣那個陌生的環境嗎？以母親的個性而言，那是不可能的。或許她寧願留在自己的家鄉過著孤苦伶仃的生活，也不想離開這塊土地一步。因為這塊土地有她有她青春歲月的美夢，以及和父親一起走過的足跡。只是幸福的時光太短暫，轉瞬間，她已度過近三十年的寡居生活，老天爺對她未免太不公平了……。

「妳在想什麼？」副營長托起他的下巴，柔聲地問。

「我在想，我們是否適合在一起。」小辣椒雙眼凝視著他，神情凝重地說。

「當然適合。」副營長輕輕地拍拍她的肩，「妳的顧慮是多餘的，放心吧，我不會是一個愛情騙子。我一定會把妳帶回台灣。」

「不，我有自己的想法，除了追尋自身的幸福外，我不能拋下母親不管。」

「可以帶她一起到台灣啊！」

「不，她割捨不了這塊土地。」

「我們可以慢慢來說服她。」

「難啊！她早已與這塊土地，衍生出一份血濃於水的深厚情感，不可能離開的。」

「為了自己女兒的幸福，或許老人家會改變想法的。天下父母心啊，子女的幸福，何嘗不是他們最大的安慰。」

「或許是我多慮了，距離那一天還早。真是天下本無事，庸人自擾之。」小辣椒笑笑。

「我能體會到妳的孝心，也能理解到老人家不願離開這塊土地的原委。我爸當年隨部隊撤退到台灣時，仍然時時掛念家鄉的爺爺和奶奶，以及那塊生他育他的土地。但是，卻也不能不坦然地來面對現實。」副營長說。

「有些情況是不盡相同的。我出生後不久，我爸在耕地工作時，不幸遭到匪砲擊中，因失血過多終告不治。之後竟連賴以遮風避雨的古厝也被匪砲擊倒而夷為平地。在家破人亡、走頭無路的情境下，母親只好帶著我回外婆家，可是每天都得看舅舅與舅媽的臉色過生活。外婆為了不願看到我們母女倆受委曲，竟把她歷年儲存下來的私房錢全數給了母親，希望她另謀生計。最後母女倆才落腳在這裡，母親靠著幫人洗衣把我拉拔長大，想不到時間過得那麼快，轉眼已二十幾年了……。」小辣椒感傷地說。

「原來這樣啊！」副營長感嘆地，「這不僅是時代的悲歌，也是島民的不幸，難怪老人家不能割捨這塊與她相依為命的土地。」

「兩岸軍事對峙不知何時始能了，島民多麼希望能過一個太平盛世的日子啊！」小辣椒以期待的眼神看著他說。

「總有一天吧！」副營長精神一振，「部隊幾乎天天都在加強訓練，俟機準備反攻大陸，距離清平的日子不遠了。」

「真是這樣嗎？」小辣椒疑惑地問。

「當然。」副營長堅決地，而後又慷慨激昂地說：「儘管戰場狀況瞬息萬變，但身為革命軍人，必須具備自信心與必勝信念。倘若能做到這兩點，就是最後勝利的保證。金門歷經多次戰役均能獲勝，它靠的就是自信心與必勝信念，始能擊退敵人而立於不敗之地！」

小辣椒不置可否地點點頭，然而，距離清平的日子真是不遠了嗎？當年國軍撤退到台灣時，蔣總統不是說過：「一年準備，兩年反攻，三年掃蕩，五年成功。」可是已經過去好幾個五年了，反攻大陸則仍然遙遙無期，難怪經常聽到一些當年跟隨他出來的老士官在抱怨。而此時，她並不想針對這個毫無意義的問題與他作任何的爭論。身為中華民國革命軍人，當然必須對自己的國家有信心，這是無可厚非的。但是，島民對清平的日子何嘗沒有期待呢？只是不知何年何日，才能達成這個願望。

「放心吧，一旦反攻大陸，我不會丟下妳不管，一定會帶妳回山東老家的。」副營長笑著說。

「你不覺得言之過早嗎？」

「凡事要有信心。」

「不，當我們的感情逐漸升溫時，卻也讓我發覺許多問題，而有些問題是不容易克服的。」小辣椒憂心地說。

「天下沒有克服不了的問題，不要為自己製造煩惱。」副營長輕輕地拍拍她的肩，安慰她說。

真是這樣嗎？小辣椒情不自禁地自問，情緒隨即又跌入到一個充滿著矛盾的深淵裡。儘管副營長一表人材，未來的前途無可限量，也是自己夢想中的理想對象。然而，縱使兩人熾熱的愛情火焰，有一觸即發而不可收拾的趨勢，但幸好自己的思慮較縝密，考慮較週全，讓理智控制住情感，始不致於造成不可彌補的憾事。即使有摟抱、愛撫、熱吻的情事，但這純然是熱戀中男女常有的行為舉止，總比激情過後失去處女身好。一旦這段感情沒有圓滿的結果，她勢必會以一顆坦然之心來面對，因為除了外貌與身材差強人意外，幾乎樣樣不如人，豈敢夢想成為官宦人家的兒媳婦。於是，一份自卑感打從心靈深處油然而生，與其將來嫁入豪門後再以離婚收場，還不如信守對母親的承諾，留在這座島嶼另找歸宿。想著、想著，小辣椒的情緒降到前所未有的最低點。

而副營長呢？即使他對小辣椒展現出誠心真意，未曾計較她的出身或學歷。可是，當兩人的愛情成熟時，一旦向父母提出結婚的要求，他們會同意嗎？會接納一個來自外島、卻又識字不多的金門女孩成為他們家的媳婦嗎？縱然小辣椒有亮麗的外表，這座小島的同齡女子無人能出其右，甚至在台灣亦不多見。但官宦人家講的是門當戶對，想做次長和教授的媳婦非僅僅只是生兒育女的工具而已，亦非空有一張漂亮的臉孔即可成就的。除了美麗、端莊、賢淑外，出身好、學歷高也是他們其中的選項。如此，始能在諸至親好友面前炫耀。要是娶一房出身與學識不如自家佣人的媳婦的話，何嘗不是他們此生最大的遺憾。

從小乖巧聽話的副營長，為了一個平凡的金門女孩，膽敢和高官父親和教授母親唱反調嗎？或是為了和小辣椒廝守終身而脫離家庭另組新窩嗎？儘管兩人在激情或親密過後，副營長曾給予小辣椒不少的安慰和承諾。然當事到臨頭，是否有勇氣在父母面前據理力爭，許小辣椒一個幸福的未來，還是玩弄過後一腳踢開？雖然副營長並非是那種忘恩負義的人，可是一旦魚與熊掌不可兼得時，他將面臨此生最痛苦的抉擇。縱使兩人的交往在這座島嶼傳得沸沸揚揚，但若以現實的層面而言，想要開花結果卻也不如他們想像中的那麼樂觀。誠然有麻雀變鳳凰的故事，但在真實的人生中似乎並不多見。故此，許多鄉親都抱著看熱鬧的心態觀望他們的發展，但願小辣椒不要受騙才好，即便沒有失身，軟綿綿的豆腐卻被人吃盡，這又何苦來哉。

19

秋霞在得知女兒與副營長交往後，雖然沒有堅決地反對，卻也有點憂慮。她掛心的並非女兒跟著他到台灣去，讓自己成為孤單老人，而是深恐女兒配不上人家。萬一得不到一個圓滿的結果，她是否能承受這種無情的打擊。

「妳可要想清楚，人家副營長父親是中將母親是大學教授，可說是官宦人家的大少爺。妳配得上人家嗎？」秋霞憂心地說。

「媽，妳是怕我嫁到台灣而離開妳是不是？」小辣椒笑著說。

「妳以為我是一個廢物嗎？」秋霞盯了她一眼，「放心好了，如果有一天妳嫁到台灣去，我照樣吃飯睡覺。我擔心的是妳會不會受騙，那才是重點。」

「妳放心，我又不是三歲小孩，對男人太瞭解了，不會輕易地上人家的當。」小辣椒充滿自信地說。

「不會上人家的當？」秋霞不屑地，「兩個人經常在客廳摟摟抱抱的，妳以為我不知道。」

「媽，這是戀愛中男女常有的事，沒有什麼好大驚小怪的啦！」小辣椒不在乎地說。

「妳是一個女孩子啊！萬一人家得寸進尺妳怎麼辦？」

「沒有那麼嚴重啦！」

「副營長的父母親知道你們交往的事嗎？」

「他已經告訴他們了。他還說他父親近期會到金門視察，而且準備來看我。」

「如果人家看不順眼呢？」

「媽，憑我的長相，有誰會看不順眼。」

「別忘了，人不僅要懂得謙虛，凡事也不能太有自信。如果妳今天想嫁的是一個普普通通的人，憑妳的長相絕對沒人會看不順眼。甚至只要雙方有意願，很快就能水到渠成步入婚堂。但是妳可曾想過，人家副營長是什麼出身，而妳呢？不是媽潑妳的冷水，要先秤秤自己有多少份量，千萬不要被愛情沖昏了頭而迷失了自己，那是得不償失的。」秋霞開導她說。

「媽，說正經的，這點我也曾經想過。雖然副營長再三地要我放心不要想太多，但是我怎麼能不想呢。即便我不敢奢望以後成為官太太或官夫人，但如果被人當佣人使喚而沒有一點尊嚴的話，與其嫁入門不當戶不對的豪門，還不如陪媽在這座島嶼過一生。」

「雖然我和妳爸當年是憑媒妁之言成親的，不懂得什麼叫自由戀愛。但是，新世代有好亦有壞，年輕人受到社會變遷的影響，思想跟老一輩的完全不一樣，尤其是男女間的感情最難講，隨時都有變化的可能。要記住，不要貪圖人家有高官厚祿，要懂得安貧樂道這個道理。如果嫁入豪門而得不到公婆的疼惜，或是像妳所說的被當成佣人使喚，即使有夫婿呵護，卻沒有一點尊嚴，未來的日子還是會過得很痛苦，這點妳可要想清楚。」

「媽，我能領會到妳說這些話的用意。不怕妳見笑，每當和副營長有較親熱的動作時，我幾乎都會想到這些問題，婚前保有一個處女身更是我的堅持。因此，我並沒有逾越女人最後那道防線。而且我亦已做好心理上的準備，一旦得不到他父母的認同，我會勇敢地把這段感情結束掉，絕不會自找苦吃。」

「我同意妳的想法，感情就是要提得起放得下，千千萬萬不要被情所困。不是媽自私，我還是比較喜歡妳嫁給金門人。大多數金門青年都很樸實，其家庭背景稍為打聽就清清楚楚。只要規規矩矩不好高騖遠或好逸惡勞就好，我們又不貪圖人家什麼。」

「媽，妳放心，我們就靜觀其變吧！這件事我會自己處理的，即便沒有結果，我也不會像一般失戀者那樣，準備去上吊或哭得死去活來。果真如此，也太沒出息了。只要副營長的家人有一點意見，我就馬上跟他分手，天下男人多得是，想娶我的男人一大堆，並不是非嫁給他不可！將來如果沒有滿意的對象，我就終身不嫁，甚至皈依佛門也在所不惜。」

「我知道妳是一個既樂觀又懂事的孩子，對人生也有一番體悟。但是自古就有『男大當婚、女大當嫁』以及『不孝有三，無後為大』的俗語。其實眼光也不必太高，就像我剛才說的那樣，只要規規矩矩不好高騖遠或好逸惡勞就好。像我們這種身分，如果真成為豪門媳婦，必須受到許多限制，甚至連講話都得小心翼翼，又何能過自己想過的愜意日子。」

「媽說得一點也沒錯。其實單身也沒什麼不好，以我們家現在的經濟環境而言，既不愁吃、也不愁穿，母女倆可以逍遙自在地過一生，並不一定要嫁人去換取一張長期飯票。」

「如果真不嫁，人家會笑妳是老姑婆啊！」

「我們是為自己而活，又不是為別人。笑就讓人家去笑吧，笑久了勢必會自討沒趣，也就不感到好笑了。」

「妳的想法的確跟別人不一樣，俗語不是說：『姻緣天註定』嗎，這輩子要跟誰吃飯似乎早已註定。凡事不能強求，就順其自然吧！」

小辣椒微微地點點頭，同意母親的說法。

「怎麼好久沒有見到黃大千了？」秋霞突然問。

「可能忙著準備參加普考吧。」

「這個孩子看起來還蠻老實的。」

「媽的看法沒錯。但是在我的感覺裡，自卑感太重。」

「可能和他的家庭有關。想當年媽帶著妳來到這個陌生的城鎮討生活，我何曾沒有自卑感？但是經過我們多年來的努力，有了經濟基礎後也就慢慢地建立了信心；而人一旦有了自信心，自卑感就極其自然地消失掉。黃大千只要通過普考，就不會那麼自卑了。」

「媽，妳真厲害呢，竟然樣樣通、樣樣懂，分析得蠻有道理的。」

「妳以為媽老了，不中用啦，是不是？」

「這是妳自己說的喲，我可沒說。」小辣椒笑著，「其實黃大千這個人還蠻爭氣的，他的工作表現也得到許多人的肯定，如果真能通過普考，將來一定會有前途。」

「妳不是認識很多政府官員嗎，像這種懂得奮發向上的年輕人，如果有機會，應該向他們推薦、推薦。」秋霞囑咐著說。

「我已經幫他很多忙了，倘若不是我，他現在可能還在舅舅家裡種田。」

「這個社會就是這樣，如果沒有一點人事關係，走到哪裡都行不通。」秋霞有感而發地說。

「媽，並非我不知羞恥，有些大官喜歡認乾女兒，只要輕聲地叫一聲乾爹，他們就心花怒放。只要向他撒撒嬌，嬌聲地說幾句好聽話，凡事幾乎都有求必應。妳是親眼看到的，無論是幫人要船票、排機位、看醫生，或是介紹工作，還有許許多多雜七雜八的事，好像都很順利，從來沒有被打過回票。」

「妳純粹是幫別人而非為自己，而且也是斟酌情形並沒有強人所難，這樣比較好開口。」

「人長得漂亮，嘴巴又甜，的確是很吃香。乾爹就乾爹吧，而且乾爹一叫，他們就不好意思動手動腳吃人家的豆腐。」小辣椒得意地說。

「別往自己臉上貼金，看妳成天三八兮兮的，怎麼能當官夫人。」

「我從來沒有想過要當官夫人，而且也不稀罕。如果真有那種企圖心，我早就獻身給副營長了，當生米煮成熟飯時，他們家想賴也賴不掉。將軍父親、教授母親即使對我不滿意，屆時又能奈何？如果他們想以權勢來忤逆我，我小辣椒豈可任人欺侮，一定搞得他們家天翻地覆、雞犬不寧！」

「三八！」秋霞不屑地盯了她一眼，「別語無倫次，盡說些廢話，也不怕人家笑。」

「媽，開玩笑的啦。可是我也必須在妳的面前再次強調，雖然我們的感情沒話說，但端看他們家的誠意。如果他們在意的是出身和學歷，我隨時都做好了分手的心理準備，對這段感情絕不留戀。實際上嫁給軍人聚少離多，倘若被調到外島，三個月才有十天假期，可說要獨守空閨八十天，才能獲得十天相聚的美好時光。寂寞不僅讓人難熬，也會讓人受不了啊！」

「人必須甘於寂寞、忍受寂寞。大部分軍眷都有如此的情形，她們還不是熬過來了。妳可曾想過，媽雖不是軍眷，但這輩子忍受多少寂寞的時光？想不到一轉眼已是二十好幾年了，最後還不是一一熬過來了。或許只有不甘寂寞的人，才會有妳這種想法。」

「媽，妳這種精神的確沒人能和妳相比，它也是我之前想留在這座島嶼陪伴妳一生的初衷。可是當我遇見副營長時，不管往後能不能成幸福，卻自私地想離開這塊土地。經過一段時間的冷靜思考後，我不僅發覺想融入豪門非易事，也悟出凡事隨緣不可勉強的道理。即使有結果，我也不會丟下妳不管，但只要他們家有一點小小的意見，我隨即和他分手。媽，我是妳懷胎十月所生，妳是知道我說到做到的個性的。對不對？」

「孩子，妳不僅長大了，思想也成熟了，更能領悟到隨緣這個道理，往後無論遇到什麼事，氣度勢必更豁達。在人生旅途上，妳儘管去追尋妳自身的幸福，得之妳幸，失之妳命，但一切必須隨緣，勉強不得。我絕對不會成為妳邁向幸福人生的累贅。」

「在這個世界上，只有媽妳最瞭解我。」小辣椒眼眶有些微紅。

「這就叫做母女連心啊……。」秋霞說後，輕輕地拍拍她的肩，也仔細地端詳身旁這個自小就沒有父親的孩子。而這個孩子的臉蛋和身材，怎麼愈看愈像電視上那個歌星白嘉莉，難怪人緣會那麼好。於是一份喜悅的微笑掠過她滿佈滄桑的臉龐，並非她自鳴得意，這麼標致的美人兒還怕嫁不出去？打死她也不信！可是卻也因此而交遊廣闊，容易讓一些不明就裡的人誤解，以為她是那種隨隨便便的三八阿花。

然而，她除了和副營長有較親密的關係外，其他都是一些無恥之徒趁機吃她的豆腐，這怎麼能怪她。固然她有充分的理由為自己的清白辯解，可是那些無恥的男人則不一樣，他們為了凸顯自己的本事，佔了人家便宜還到處宣揚——

小辣椒的奶子真大，走起路來還會抖動，我摸過。

小辣椒的屁股好圓，走起路來還會扭動，我摸過。

如此地一傳十、十傳百，小辣椒的形象就是被這些不要臉的男人醜化掉的。而真正和她有親密關係且出於她的自願，想必也只有副營長一人吧！

但是，當國防部劉次長蒞金視察想順便瞭解此事時，防衛部高級長官和反情報隊提供給他的資料幾乎都是負面的訊息。因此，他並沒有如副營長所說的要去看小辣椒，甚至知道此事後，火速地下令把副營長調回台灣待命，而且必須和他同一班飛機返台。他之於會有如此的大動作，除了不讓他再見到小辣椒，也不給他向小辣椒解釋的機會。若依次長的看法而言，這種女人根本就不配做他們劉家的媳婦，想麻雀變鳳凰連門都沒有！古人說虎父無犬子卻也不盡然，想不到兒子的眼光竟是那麼差！不久之後，劉漢中少校被就調到馬祖南竿佔中校營長缺，然不知是否受到父母的壓力，或是另有他故，從此音信杳如黃鶴，未曾給小辣椒隻字片語。

然而小辣椒在得知整個事件後，即使內心有點不痛快，但似乎早有預感。雖然少女的初吻獻給了他，亦有激情時的摟抱和愛撫，但畢竟已是過去的事了，就當成碰到色狼被吃豆腐吧！要不，又能如何？誰教自己瞎了眼，以為從此之後即可與自己心愛的人過一生，想不到竟是一場夢，而當夢醒時，心情卻很快地就平復了。一些好事之徒以為她會承受不了如此的打擊，一旦想不開，除了大哭大鬧一場外，說不定還會去跳太湖。故而，許多人都替她擔心，甚至還好意地提醒她母親秋霞，要她多加留意女兒的情緒和行動，以免造成不能挽回的憾事。

可是萬萬沒想到，小辣椒依舊縱橫商場，依舊和客人有說有笑，一點也沒有失戀或被情人拋棄時的頹廢樣。難道她對副營長的感情投入不深？還是真的提得起放得下？抑或是一切隨緣？凡此種種，莫不讓人感到十分好奇。而最高興的莫非是那些愛慕她的人，不管兩人是如何分開的，副營長離開金門已是千真萬確的事。當小辣椒沒有感情上的牽絆時，他們即可大大方方地加入追求的戰局。雖然人人有希望個個沒把握，但總得姑且一試，才能知道最後的結果。倘若能摸摸她那雙柔軟又白皙的小手，或是、或是，或是能摸摸她那兩顆熟透了的紅蘋果，縱然不能娶回家做老婆，這輩子也值得啊！許多心儀小辣椒的男人幾乎都有如此的企圖心，以及做著同樣的美夢。但是小辣椒卻只有一個，誰能捷足先登，誰能先品嚐在地辣椒的辛辣味，就得看看是否有緣，或是自身的造化。千萬別讓肥水落入外人田，免得有多情空遺恨的感歎。

還有她那些心存不軌的高官乾爹們，起初在得知小辣椒與次長的公子交往後，似乎收斂了不少，不敢像之前有逾越乾爹的分寸，惟恐副營長向次長告密而影響仕途。然而現在則可以恢復以往的情景，只要乾女兒有事相求來到辦公室，即便不能公然地伸手摸摸她的胸或臀，但說幾句腥羶的黃色笑話撫慰一下寂寞的心靈又何嘗不可；甚至趁機碰一下、摸一把，過過乾癮也不錯。因此，他們心裡暗爽著，反正乾爹歸乾爹，一旦輪調回台灣這種關係就不存在，倘若不幸被家裡那個黃臉婆知道自己在外島認了乾女兒，不打翻醋罈子才怪。或許，乾爹並不是親爹，好些表裡不一的乾爹，見到漂亮的乾女兒不想入非非才怪，難道這就是人性？而卻也有好些擎舉著禮義廉恥與倫理道德大纛的衛道人士，暗地裡則是男盜女娼，如此之行徑與那些乾爹們並沒有兩樣，又何須自鳴清高！

20

黃大千不負眾望，終於順利地通過普考，取得正式公務員的資格。他第一個要感謝的人，當然是對他鼓勵有加的王美麗。即使內心有無比的興奮，但他還是低調地對她說：

「王美麗，普考放榜了……。」黃大千尚未說完。

「考上了沒有？」小辣椒急促地搶著問。

「上榜了。」黃大千面帶微笑，淡淡地說。

「上榜了你應該高興才對啊！看你一副無精打采的，是不是太疲倦了？」小辣椒關心地說。

「沒有啦，我是特地來感謝妳的。如果沒有妳的拉拔，我黃大千不會有今天。」

「不要說這些客氣話，你能有今天這個成就，憑的是你的真本事。如果自己不努力、不爭氣，誰幫忙也沒有用。」

「不，我的情況跟別人不同。我們非親非故，而妳卻那麼熱心地幫助我，讓我能躋身公門。此次能通過普考，也是妳不斷地鼓勵而激發出我的自信心，才能順利地上榜。所以我第一個要感謝的人當然是妳。」

「好了，你客氣話已說盡，該感謝的亦已感謝，現在換我恭喜你啦！」小辣椒興奮而高聲地說：「黃大千，你太不簡單了！一個國中生竟能憑著自己的努力，通過普檢，再通過普考，可說是金門第一人啊！太不簡單了，太不簡單了！」

「什麼不簡單啊？看妳高興的樣子。」秋霞從房裡走出來笑著說。

「媽，黃大千考上普考了。」

「伯母，妳好。」黃大千向秋霞點頭致意。

「能考上普考，確實不簡單。我也得恭喜你啊！」

「謝謝伯母，我能有今天，完全是美麗的幫忙和鼓勵。」黃大千謙虛地說。

「美麗能幫你什麼忙？她只不過是多認識幾個人，耍耍嘴皮幫你說幾句話而已，一切還不是全靠你自己的努力。」

「黃大千，我媽說得一點也沒錯，就是這樣。以後如果需要我耍耍嘴皮幫你說幾句話，我絕對義不容辭。現在檯面上好幾位有頭有臉的大官，都是我認識的，而且交情也不錯。只要不是太棘手的問題，我王美麗一定全力以赴。」小辣椒神氣地說。

「不要盡說些大話，如果辦不到不讓人笑破肚皮才怪！幸好大千不是外人。」秋霞不屑地看了她一眼說。

「黃大千是老實人啦，如果真辦不到，他也不會見怪。」小辣椒說後轉向他，「你說是不是？」

黃大千不好意思地笑笑。

「媽，我們就留黃大千下來吃晚飯吧，好幫他慶祝、慶祝！」小辣椒對著母親說。

「好啊，我這就去準備。」

「伯母，又來麻煩您，真不好意思。」黃大千客氣地說。

「家常便飯，沒什麼啦！反正我們也要吃，只不過多擺一付碗筷而已，不必客氣。」秋霞說後緩緩地走進廚房。

「王美麗，坦白說，在妳們家吃飯的次數簡直難以計數。可是我從來沒有請妳和伯母吃過飯，真是不好意思。這樣好了，找一天我請妳們上館子吃頓便飯，好不好？」黃大千誠摯地說。

「你就省省吧，把錢存起來，以後好成家。」小辣椒以一對關懷的眼神，看看他說。

「成家的事我從來沒有想過。」黃大千神情凝重地說：「我唯一的希望是先存足錢，好幫舅舅整修那棟破損的古厝，讓他們有一個能遮風避雨的處所，以免受到風吹雨打之苦。」

「我認同你的想法，做人就是要這樣，不能忘本。舅父母的養育之恩更不能忘。」

「我時時刻刻都會記住，包括妳如何地幫助我、鼓勵我。」

「我只是基於朋友的立場說幾句話而已，不足掛齒啦。坦白說，人生的際遇有時候也很巧妙。固然小辣椒這個綽號是針對我的外貌而來的，縱使它貶多於褒，起初讓我有一種受辱的感覺。可是到了後來，當這個綽號傳遍整座島嶼而成為知名人物時，習慣也就成了自然，小辣椒就小辣椒吧，我一點也不在意。然而，卻也因此而讓我認識許多高官，同時也因緣際會認識你，才能略盡一份棉薄心力。就這麼簡單，沒什麼啦！」

「對妳來說或許沒什麼，可是對我這個寄人籬下的孤兒而言，則有不凡的意義。總而言之，如果沒有妳王美麗，我現在依然是一個助耕農，那有機會進入公門服務，更不可能從工友升到職員，乃至於通過普通考試。因此，所有的一切，都必須歸功於妳王美麗！」

「我們不談這些。」小辣椒轉換話題，關心地問：「你舅舅家那棟古厝，如果要修理的話需要多少錢？有沒有請人估算過？」

「牆壁不動，光是屋頂連工帶料就要十萬元。如果不修的話，每逢下雨幾乎都要準備臉盆或水桶接雨水，確實是苦不堪言。」黃大千據實說。

「十萬元並非是一個小數目，你要多久才能存夠呢？」

「我準備組一個互助會……。」黃大千尚未說完。

「你要做會頭？」小辣椒急促地問。

「這是最好的方法。」

「做會頭雖然能把會腳的錢先拿來運用，但是它是有風險的。萬一被人倒會你怎麼辦？」

「我倒沒有考慮到這一點。」

「這樣好了，我先借你十萬元，不要你的利息錢。你每月領薪水時還我一點，就好像是繳會錢，繳完為止。」

「這怎麼好意思，妳們家生意做那麼大，也需要資金週轉啊！況且十萬元又不是一筆小數目，我要還到幾時才能還完。」

「說真的啦，雖然我們家的生意向來不錯，但每分錢都是辛辛苦苦以及節衣縮食儲存下來的，並非中了愛國獎券。既然你們家有急迫性的需要，站在朋友的立場，我理應伸出援手，而非袖手旁觀。只要看到你們家下雨時，不必拿著臉盆或水桶去接水就好。」

「伯母會同意嗎？」黃大千有所顧慮地說。

「我們家的錢全由我經管，我媽從不過問，但我還是要告訴她一聲。想必她一定能體會到你們家的實際狀況，不會有任何意見的。」

「妳們的誠意我心領了。但是這麼大的事情，我必須先向舅舅和舅媽稟告，看看他們的意思如何，然後再做決定。」

「這是理所當然的事。如果這頭熱、那頭冷，或誤以為我們有所求，就枉費我和我媽想協助你們整修古厝的心意了。」

「無論如何，我必須先謝謝妳和伯母。或許，當我把妳們的心意告訴舅舅和舅媽時，他們絕對是既興奮又訝異。說真的，窮人如果沒有遇到貴人，想翻身也難啊，遑論是十萬元的大數目，要到那裡去借貸。尤其時下社會現實，多數人只懂得錦上添花，雪中送炭的人少之又少。一些較勢利的人，見到窮苦人家幾乎都避之唯恐不及，誰還敢把錢借給他們。今天我有幸成為妳王美麗的朋友，並蒙受妳和伯母百般的照顧，妳們的恩德即使此時不能報答，但我會永遠銘記在心頭。」

「不必說這些，有一個能遮風避雨的處所比什麼都重要。朋友之間在能力範圍內能相互幫忙，說來也是一種機緣。這筆錢只是先讓你應急而已，將來有錢時再慢慢還我，你就不必放在心上。況且你已通過普考，將是一個受到法律保障的正式公務員，除了目前的薪俸外，也會隨著年資及職務的升遷而調整。若依你的孝心，相信不久的將來，你舅舅家的生活環境一定會有重大的改善。」

「這是我的目標之一，我一定會朝這個方向來努力。」

「古人不是說有志者事竟成嗎？只要你有這個恆心，成功可說指日可待。我先祝福你！」

「謝謝妳。」黃大千說後卻突然轉換話題問：「聽說妳準備跟一個軍官到台灣去，是真的嗎？」

「你聽誰說的？」小辣椒反問他。

「偶然間聽到的，或許是不可靠的小道消息。」

「不錯，我之前曾有如此的想法。可是經過反覆思考，以及現實環境的使然，我還是不會離開這塊生我育我的土地。」小辣椒坦誠地說。

「那位軍官是誰呢？」黃大千好奇地。

「何必多此一問呢，」小辣椒有點不悅，「告訴你、你也不認識。」

黃大千一時無言以對。

「我是不在乎人家說什麼的。不過我必須告訴你，外面的蜚言蜚語聽聽就好。」

「其實現在有許多年輕軍官都很優秀，金門人嫁給軍人也不少。」黃大千淡淡地說。

「感情這種東西很微妙，常言道：『有緣千里來相會，無緣對面不相識』。如果有緣，管它是什麼身分；如果沒緣，富商巨賈又如何？我對感情的看法向來隨緣，決不勉強，也不牽就。」

「我以為妳對感情會很執著。」

「如果真是這樣的話，我早已跟人家跑了。」

「憑妳小辣椒的容貌，想必追求妳的人一定很多。但還是要慢慢挑，細細地選，人品與家境同等重要，將來才會幸福。」

「看來你對這方面還蠻有概念的嘛，你交過女朋友沒有？」

黃大千一時漲紅著臉，不知如何回答才好。

「大家都是成年人了，有什麼好害羞的。看你臉都紅了。」

「王美麗，不是我自己洩氣，憑我的出身，現在怎麼敢去交女朋友。說不定將來妳的孩子已經上學，而我還是孤家寡人一個。」黃大千自卑地說。

「怎麼老是說這種洩氣的話呢？你現在已是一個正式公務人員，每月的薪俸養家活口綽綽有餘。只要房子修理好，我看不必等你自己去交女朋友，媒婆絕對會主動上門來。」小辣椒笑著說。

「這種事我連想也不敢想。」黃大千苦澀地一笑，「如果真如妳所說的那樣，結婚那天我一定把妳和伯母奉為座上賓。」

「果真到了那一天，我早已跟大官或是台灣兵跑了，那有榮幸成為你的座上賓。」小辣椒開玩笑地說。

「我說一句話妳可不能生氣。」黃大千惟恐她不高興。

「我會那麼沒有風度嗎？那些經常上門的阿兵哥，動不動就說些不三不四的玩笑話，不管如何地尖銳和過火，我都是一笑置之，從來沒有生氣過。而你想說的那句話，總不會像那些台灣兵那麼沒水準吧！」小辣椒不在意地說。

「我是怕妳聽了刺耳。」

「既然怕，就不要講。」

「其實也沒什麼啦！我在想，妳沒跟那位軍官走，是不是捨不得離開這塊土地。」

「你猜錯了，我是被那位軍官摔掉的。」小辣椒看看他，故作痛苦狀，「難道你沒看見我失神落魄的失戀樣？每天飲泣吞聲、食不甘味，而你竟沒有來安慰我一下，真是不夠朋友！」

「王美麗，妳少跟我來這套。憑妳小辣椒三個字，只有男人被妳摔掉，絕對沒有妳被男人摔掉的理由！」

「我小辣椒真那麼吃香嗎？」

「如果妳小辣椒不吃香，為什麼會有那麼多男人想喝辣？」

「黃大千，你不就是男人嗎？我倒要問問你，你喜歡吃香、還是喝辣？」

「雖然我是男人，但三餐只是粗茶淡飯，那有吃香喝辣的福份。」黃大千自卑地說。

「如果有人主動奉上珍羞佳餚呢，難道你也不為所動？」小辣椒似乎在暗示著什麼。

「我認份，那是不可能的，除非天上掉下來。」

「黃大千，你千千萬萬不要自卑，別忘了你已從逆境中走了過來。你努力不懈的精神，你對舅父母的孝心，勢必會感動老天爺的。有朝一日，當機會來臨時，希望你要好好把握機會，一旦讓它錯過，或許就永遠追不回來了。」

黃大千無言地沉默著，除非他是木頭人，否則的話，焉有聽不出小辣椒話中的暗示。然而，當小辣椒與副營長分手後，當黃大千通過普考取得正式公務員資格時，兩人是否會因此而譜出另一段戀曲？若以兩人的個性與家境而言，的確相差十分懸殊。一個活潑外向、交遊廣闊，一個忠厚老實、過於自卑；一個縱橫商場、富貴逼人，一個家徒四壁、三旬九食，如此，真能配成雙嗎？可是，感情這種東西卻也很微妙，想它的時候它不來，不想讓它來的時候它偏要來。而有人講的是門當戶對，有人信守的是隨緣，有人則是連想也不敢想。縱使自古就有「天下有情人終成眷屬」這句佳話，亦有「多情自古空餘恨，好夢由來最易醒」的詩句。但他們是前者的象徵？還是會步入後者的後塵？誰也不得而知。或許，必須端看他們各自的造化了……。

21

黃大千的舅父母對於小辣椒主動伸出援手，無息借款給予他們修繕房子，簡直感動得老淚縱橫。這棟先人遺留下來的百年古厝，即便以石頭砌成的牆壁尚完好，但屋頂的瓦片長年歷經風雨的侵蝕，已有多處破損，部份樑柱亦遭白蟻啃噬，即將腐朽。如此，豈能再忍受風雨的侵襲。晴天尚好，每逢下雨則是苦不堪言，倘若再不整修，萬一遇上颱風豪雨，勢必會倒塌，屆時，一家大小要住到哪裡去。這也是他們最感憂心的地方。而今天，蒙受老天爺的垂憐，幸運之神終於降臨到他們的頭上來，讓他們遇到一個願意借錢幫助他們整修房子的貴人。對於自己的外甥能交到這麼一個富有同情心，卻又熱心助人的朋友，更是稱贊有加。往後，他們也不會把這筆借款由外甥獨力來扛，待家畜家禽長大，待田裡的農作物收成，再慢慢地來償還她們吧。

可是有一件事卻也讓他們感到不解，外甥是一個忠厚老實的青年，又沒有讀過什麼書。雖然憑著自己的努力考上正式公務員，但比他優秀的公務員一大堆，這個有錢人家的女孩怎麼會看上他，而且還那麼大方地借他十萬元，確實有點不尋常。莫非這個女孩身心有缺陷？或是有其他方面的問題，而看他忠厚老實，想以金錢為圈套，迫使他將來娶她為妻？還是另有什麼企圖和目的？如果真是這樣，那絕對萬萬不可。聽說通過國家考試的公務員，將來前途無可限量，有朝一日一定會當大官。若以大千這個孩子的懂事和孝心，果真有那麼的一天，除了是他們家的榮耀，也不會置他們一家於不顧。然若萬一娶到一個精神有問題的女子，或是娶一個婚前跟人家亂七八糟的女人，還是結婚後跟著老婆遠走高飛，這些都不是他們樂意見到的，也會讓村人恥笑。儘管他們家窮，但窮也要窮得有骨氣，相信一手拉拔長大的外甥，不要讓他們失望才好。

雖然兩老有諸多的顧慮，但家境富裕、人又長得漂亮的小辣椒，豈是他們想像中的那種人。如果沒有她長年的幫助和鼓勵，其外甥黃大千焉有今天的成就？更何況她並沒有貪圖他什麼。倘若說有，也是與副營長分手後，發覺這個青年人能從逆境中，一步一腳印踏踏實實地走過來，並順利地通過國家考試，讓她心生愛慕之意，始有先借錢讓他們家改善居住環境的想法。至於往後能衍生出什麼式樣的感情，她信守的依然是隨緣。

儘管小辣椒曾對黃大千有所暗示，可是自卑感甚重的他，敢於接受這份感情的挑戰嗎？如果不敢，那便是懦夫，因為小辣椒並沒有貪圖他什麼，卻又主動地釋出愛慕的善意，唯一的，或許是想留在這塊生她育她的土地。兩人若能配成雙，對兩個家庭都有好處，亦可彌補各自的不足。小辣椒寬裕的經濟，必能改善他們家窮困的生活，黃大千亦可以半子的身分，對她母親盡孝道。甚而以小辣椒的人脈關係，對他的仕途絕對有所助益，誰敢於說他將來不能做個廠長、所長或主任之類的官員？

尤其在戒嚴軍管時期戰地政務體制下，以及不按牌理出牌的官場文化，靠女人陪大官飲酒作樂而升官者大有人在。若憑小辣椒的姿色，不知有多少大官被她迷得團團轉，一旦再使出某種招數，再把那些大官侍候得服服貼貼，而後讓自己的夫婿更上一層樓，絕對不無可能。而且還有她那些乾爹們，亦可助她一臂之力。小辣椒可說是得天獨厚、天之驕女啊！果真有那麼的一天，不知會羨煞多少人，得看黃大千有沒有那個福份了。

即便黃大千忠厚老實，但畢竟不是呆頭鵝，經過小辣椒的暗示後，他出現在美麗霞百貨店的次數，比之前多了好幾倍。甚至通過普考後，亦不像以往那麼自卑，彷彿在一夕間改變了很多，也培養出一份前所未有的自信心，看在小辣椒眼裡，的確有不一樣的感受。歲月不僅能讓人成長，亦可改變每一個人，這是她所領悟到的真理。但願從此之後，黃大千能脫胎換骨，把握當下的每一個時光，不要錯過任何一個和她相處的機會。儘管她信守的是隨緣，但何嘗不冀望有一個美好的姻緣呢？只因為她的身心已成熟，渴望有一個共枕眠的伴侶，是極其自然的事。

縱然想追求小辣椒的軍官或台灣兵以及在地青年不在少數，但經過長久的思考，她不會離開這塊土地已是既定的事實，故而她已完全排除那些想帶她遠走的人，管它是什麼富商巨賈或公子哥兒，還是如副營長那種官宦人家出身，且前途無量的年輕軍官。而一些不務正業的在地青年竟打起如意算盤，誤以為她是三八阿花，豆腐可以任由他們吃，談起話來更是肆無忌憚、不留口德，幾乎都圍繞在她豐滿的軀體上，不是奶子大就是屁股翹，甚至還說些不堪入耳的粗俗話，讓她有一種受辱的感覺。

同時，他們也深知美麗霞百貨店並非一般小店鋪，其規模之大、貨品之多、生意之好，整條街可說無人能出其右。故而，她們家財力雄厚是家喻戶曉的事，將來一旦娶到手，既不愁吃、也不愁穿，又有錢可花用。像這種既富有又漂亮的女人，打著燈籠照遍全島也找不到啊！然而，他們的如意算盤卻打錯了，這只不過是他們的夢想而已，小辣椒豈會把他們看在眼裡。儘管亦有一些知道她身分背景與為人處世的公教人員，或是社會人士及有錢人家的子弟，透過媒婆或央人上門來說親。可是，縱然有些人的條件比黃大千好上幾倍，但她仍舊不為所動，只希望黃大千有了自信心後，能明瞭她的心意。她之於如此地獨鍾於他，莫非是這個忠厚老實的年輕人，才是她邁向幸福人生的依傍，才能長久地和她在這座島嶼相偎依。

即便黃大千有多麼地忠厚老實，但畢竟已是成年人。而一個正常的男人，他對女性沒有渴望嗎？他對性沒有需求嗎？那是不可能的。他之於不敢對小辣椒有任何的表示和愛意，並非他見到漂亮的女人不動心，而是小辣椒是拉拔他進入社會的恩人，惟恐一時的衝動或失言，造成小辣椒對他的誤解。或許，得不到愛情不打緊，萬一把友情也葬送掉那就得不償失了。更何況之前曾聽說她跟一位軍官在交往，倘若他不識抬舉而冒昧地參一腳，非僅不能獲得小辣椒的青睞，反而會引起她的不快。幸好他有自知之明，也清楚自己的身分，始終不敢有非分之想，才能保住這份得來不易的友情。

而今，時空已丕變，當初和她交往的軍官已調離這座島嶼，兩人也同時結束那段值得他們回味的感情。尤其當他通過普考取得正式公務員資格後，小辣椒似乎有對他另眼相看的趨向，甚至借錢給他們家整修古厝，時而還在話中作某方面的暗示。縱使他讀書不多，但非草木啊，焉有領會不出的道理，簡直讓他受寵若驚。然而，當他想起自己的身世，想起寄人籬下的生活情景，心中那團熱火，隨即化成冷泉。

倘若小辣椒誠摯地釋出愛意，甚而有和他廝守終身的打算，他敢於接受這份高貴的感情嗎？一旦提出結婚的要求，他敢於答應和她步入婚堂嗎？儘管自己有一份固定的工作，月月有薪餉可領，可是月俸大部分都交給舅舅貼補家用，自己並沒有儲蓄。或許，多一個人吃飯沒問題，但結婚費用要到哪裡去張羅？而舅舅家人口眾多、房間有限，何能再騰出一間房間做為他們的新房？連最基本的問題都無法解決，他豈敢做白日夢？難道所有的一切都得靠小辣椒來資助，或是貪圖榮華富貴入贅到她們家，過著沒有男人尊嚴的日子？黃大千想著想著，自卑感又從心靈深處油然而生，他沒有再想下去的勇氣。

「古厝整修到什麼程度啦？」有一天，小辣椒關心地問。

「所有腐朽的木料都已抽換掉了，屋頂的瓦片以及中脊的燕尾馬背可能較費時。但師傅已說過，會在春雨之前完工。」黃大千說。

「你舅舅家人口那麼多，夠住嗎？」

「舅舅和舅媽及兩位表妹住右廂房，我和三位表弟住左廂房，中間的櫸頭一間是廚房，另一間則放置農具，尾間的櫸頭一間堆放柴火，另一間堆放農作物。勉勉強強還住得下啦。」黃大千據實說。

小辣椒聽後，內心不禁有無限的感慨。她們家三層樓房，除了一樓做生意，二、三樓僅住她們母女兩人。而他們家兩間廂房則擠滿了八個人，兩相比較讓人不勝唏噓，可是又能奈何？或許只有寄望孩子快快長大，就像雛鳥羽毛長豐後離巢去覓食，並適時反哺報答親恩。果能如此，始能改善這個家庭的生活環境。故而，對於他們家的種種，她往後只有從側面上去瞭解與關注，不能直接地去詢問，以免被誤以為在可憐他們，繼而傷及到他的自尊心。

「房子修好後就不怕風吹雨打了。」小辣椒說。

「如果沒有妳的幫忙，萬一遇到大風大雨，屋頂要塌下就在一瞬間。」黃大千說後，臉上隨即出現憂慮的表情，「可是妳借給我們的那十萬元，不知什麼時候才能還清。」

「你儘管放心，我們家不缺那十萬元。有就還、沒有就算，絕對不會開口向你要。」小辣椒灑脫地說。

「我能領會到妳的心意，俗話說：『有借有還，再借不難』，如果真讓妳開口要，那就沒意思了。」

「我們不談這些，雖然有錢並不是壞事，但也不必做守財奴。別忘了，有些東西是金錢買不到的。」

「怎麼講？」黃大千不解地問。

「試問，金錢能買到親情、友情和愛情嗎？」

「不錯，親情雖然是與生俱來的，但友情和愛情除了靠培養外，更必須以誠相待，才能恆久。」

「你不覺得男女間的友情，隨著歲月的增進與雙方的瞭解，就會衍生出愛情嗎？」

「我相信有這種可能。但是，當雙方的身分地位及家庭環境相差太懸殊而得不到結果的話，它也會像繚繞的雲煙，來得快，去得也快；甚至在轉眼的瞬間，就隨風消逝得無影無蹤。」

「愛情這種東西貴在雙方相互瞭解、以誠相待，如果顧慮太多的話，永遠不會有結果。」

「如果門當戶對就不會有顧慮，倘若不是就會愈想愈多。」

「看來通過普考，並沒有讓你擁有更多的自信心。」

「在工作上我充滿著自信，無論要我辦何種業務，我幾乎都能勝任。惟獨對愛情，我不敢有太多的期望。」

「為什麼？」

「因為我太瞭解我自己，也瞭解我身處的環境。」

「你已到了適婚年齡，難道你不想成家？」

「我是一個身心健康的成年人，如果不想，未免太假了。王美麗，我們是多年的好朋友，妳應該知道，我是連想都不敢想啊！就譬如遇到妳這位家境富裕又漂亮的小姐，那一個男人不想入非非？那一個男人不想把妳娶回家？憑我們兩人深厚的交情，如果換成別人的話，或許早已對妳展開猛烈的攻勢，甚至千方百計想擄獲妳的芳心。可是我不敢，也不能，因為我知道自己的份量。假設之前妳和副營長正在交往，而我若不識抬舉參一腳的話，非僅得不到愛情，搞不好連多年的友情也中斷了。」

「黃大千，如果有一天我們從原先的友情衍生出愛情，你會在意我曾經和副營長交往過嗎？」王美麗笑著說。

「每個人都有交朋友的權利，男女間正常的交往亦然，有緣或無緣在一起又是另外一回事。王美麗，如果是我，在意的是兩人未來的幸福，而非是她的過去。不知妳是否同意我的說法？」

「黃大千，你說說看，我們能不能從友情變成愛情？」小辣椒並沒有回應他的話，而是改變話題認真地說。

「王美麗，妳要笑掉人家的大牙是不是？不可能的事就不要說，那是毫無意義的。」黃大千嚴肅地說。

「為什麼不可能？你能說出一個充分的理由嗎？」小辣椒逼人地問。

「因為我知道自己的份量。」

「你不覺得你的說法太牽強了嗎？莫非你是跟某些人一般見識，認為我經常和那些阿兵哥嘻嘻哈哈的，或是跟那些大官吃飯聊天，甚至還和副營長交往一段時間，而有失顏面，因此而不敢接受這份愛情。是這樣嗎？」

「王美麗，妳想到哪裡去了！」黃大千說著說著，竟拉起她的手，輕輕地拍了好幾下。

儘管小辣椒和副營長有過親密接觸的經驗，她的身軀亦曾被那些大官有意或無意地碰觸過，但畢竟已是之前的事。而此時，當她的手被自己心儀的男人拉起，即使這雙手因協助舅舅務農而顯得有些粗糙，可是在她的感受裡，就如同是一雙能給予她幸福和溫暖的手。縱使它粗壯有力，卻也有柔和的一面，這不正是她夢寐以求的嗎？因此，她決定把它握住，緊緊地握住這雙能帶領她邁向幸福人生的手，不讓它從她的手掌心掙脫。隨後，小辣椒竟主動地雙手環過他的腰，緊緊地把他抱住。

而首次與女性摟抱在一起的黃大千，儘管雙頰熾熱難以適從，但何能忍受從小辣椒身上散發出來的髮香和體香，於是竟低下頭，朝她的臉頰輕輕地一吻。然而，全身充滿著青春氣息的小辣椒，豈能容忍如此的挑逗，她雙手快速地勾住他的脖子，兩片火熱的香唇在剎那間緊緊地貼在他的唇上，時而還把舌尖伸入他的嘴裡，並在他舌上舌下不停地蠕動。

可是，忠厚老實未曾與女性親密接觸過的黃大千，卻一時不知所措，雙手垂直呆若木雞地站立不動，任由經驗老到的小辣椒熱情地深吻著。不一會，當小辣椒高挺的胸部緊貼在他的胸前時，黃大千再也控制不住被熱情澆灌的情緒。即便他不懂得以自己的舌尖去觸動她熱情如火的舌頭，但雙手環過她的腰緊緊地把她摟住則是他不二的選擇。

而此時，內心的激動與軀體的碰觸再加上小辣椒春情的蕩漾，簡直讓他如癡如醉、情緒高昂，甚至生理上亦有強烈的反應。在如此的情境下，他心想的是什麼？他想得到的又是什麼？難道不是小辣椒豐滿的身軀，難道不是小辣椒胸前那兩顆熟透了的紅蘋果，難道不是小辣椒青青草原之下那口盈滿著清泉的水井！想不到男女親密接觸竟是那麼地美妙，竟是那麼地令人陶醉而有欲罷不能之感。莫非這就是所謂的人性，一種連聖人都無法抗拒的原始本能！縱使黃大千再怎麼地忠厚老實，再怎麼地自卑，終究還是逃不過小辣椒這道美人關，必須心甘情願地俯首貼耳。告子說：「食色，性也」，不是最好的寫照麼？更何況他只是一個凡人，焉能假裝不食人間煙火的聖人。

經過久久的纏綿，纏綿了久久，小辣椒臉上盈滿著幸福的笑意，黃大千則不好意思地低著頭。然而，不管春風能不能輕拂這座歷經苦難的島嶼，不管春雨是否能落在這片黃沙滾滾的土地，兩人即將邁步走向幸福人生的大道已是不爭的事實。可是這條道路並不平坦，除了滿佈荊棘和藤蘿，又有峻嶺和峭壁，如何始能抵達它的終點，端看他們的智慧和耐力……。

22

黃大千在職場上蒙受小辣椒數次拉拔已是眾所皆知的事。雖然有人批評他是靠女人升遷，但長久的相處，除了友情外並沒有衍生出任何感情，因此始終被界定為一般朋友。多數人相當肯定小辣椒熱心的幫忙，出身卑微的黃大千才有今天的職位。當然，他們也認同黃大千沒有癩蛤蟆想吃天鵝肉的想法。因為兩人的家境相差太遠，而且小辣椒又是一個既漂亮又活躍的名女人，想追求她的人不知凡幾。在講求郎才女貌與門當戶對的此時，憑黃大千那副長相與身世，再怎麼配也難以配成雙。然而，當兩人正式成為一對親密的戀人時，的確出乎許多人的預料，一些蜚言蜚語也因此在坊間流傳。

——小辣椒一定是被那些大官搞過，而且不止一個，現在沒人要了，才會輪到黃大千。

——黃大千真是賤骨頭啊，世間女人多得是，為什麼偏偏要去撿小辣椒那種二手貨。

——小辣椒早就不是處女了，看她那兩個鬆垮垮、走起路來會顫動的大奶子就知道。

——黃大千走狗屎運了，馬上就要當現成的爸爸啦，真是時來運來，討老婆帶個兒子來。

儘管這些蜚言蜚語好事之徒並不敢當著他們的面講，可是卻傳到黃大千舅媽的耳朵裡。而且經過那些三姑六婆的渲染，除了把小辣椒的人品說得極為不堪，也同時把她的形象破壞殆盡。

隔壁的李嫂曾咬牙切齒、口沫橫飛地告訴舅媽說：

「千千萬萬要好好勸勸你們家大千，不要再跟那個小辣椒交往了。提起那個三八女人，全金門幾乎無人不知、沒人不曉。他們家生意是怎麼做起來的妳知道嗎？就是靠她的姿色。不管是大官或小兵，見到這個騷女人沒有一個不流口水的。她就是抓到這些阿兵哥的弱點，既然他們想吃她的豆腐，就把摸奶子或摸屁股的豆腐錢全加在貨品上，不管東西賣得有多貴，生意依然好得不得了，這幾年來簡直讓她賺死了。但是她並沒有因此而滿足，淫蕩之心也改不了，經常有專車載她到營區跟一些大官吃吃喝喝摟摟抱抱，說不定喝醉了還在人家的床上睡覺，任由那些大官上下其手。妳我都是女人，我們都知道女孩子的奶子如果沒有被男人摸過，怎麼會那麼大？從她那個大屁股來看，不管是左看或右看，再怎麼看都不像是一個處女。說一句難聽的話，不知和多少男人相好過。而妳們家大千，從小就很乖巧懂事，又是通過國家考試的正式公務員，年紀輕輕就幹上科員，將來前途無可限量啊！應該找一個好女孩結婚才對，怎麼能讓他和這種騷女人交往。如果真把這種爛貨娶進門來，不被人家笑死才怪，村人的顏面也不知該往哪裡擺。妳要三思啊！別到時後悔就來不及了。」

未曾受過教育毫無知識的舅媽，聽到李嫂對小辣椒如此的批評，心裡的確相當難過。儘管李嫂是村裡有名的長舌婦，但如果對小辣椒不瞭解，不知道一些事實的真象，她何能一五一十地道個沒完。而且聽她的口氣似乎煞有其事，並不像是說謊。雖然他們家窮，可是窮也要窮得有骨氣。外甥三歲時，他的父母即相繼因病去世，由她和老伴把屎把尿把他撫養長大。如今，總算把他拉拔成人，也有一份固定的職業，即便不能說是功成名就，至少已是一個人人羨慕的公務人員。他不僅乖巧懂事，更懂得反哺，每月領取的薪俸，大多數都用來支撐這個窮困的家。每逢假日，也主動地捲起褲管，下田協助他舅舅農耕，是一個人人稱讚的好青年。如果將來娶的真是一個像李嫂說的那種女人，她非僅不能接受，也對不起他死去的父母。

據她所知，大千認識那位人叫小辣椒的有錢人家小姐，已有好幾年了。起初也是由她介紹去當工友，然後憑自己的實力再慢慢地升遷，在升遷的過程中，據說小辣椒也幫了不少忙。因此，這份恩德，他們必須時時刻刻銘記在心，將來找機會報答，雖然她不識字，但卻知道不能忘恩負義這個道理。如果當初沒有她的引介，大千現在可能還是一個農夫，那有機會進入公門。而且最近還大手筆借給他們家十萬元，讓他們整修破損的房子。如此之大恩大德，她怎麼能忘記。雖然她未曾見過小辣椒這個人，但從大千口中，以及其熱心幫助窮苦人家來看，似乎不像李嫂說的那樣。

難道是李嫂見不得人好，知道大千交到一個有錢人家的女孩而心生嫉妒，故意說些缺乏證據又不堪入耳的言語來破壞他們的感情？果真如此的話，李嫂也太不厚道了。然而，不管事情的真象如何，小辣椒熱心幫助他們家則是不爭的事實，她必須懷抱著一顆感恩的心坦然來面對。在事情的真相尚未明朗時，她選擇相信自己的外甥和小辣椒，絕不會相信李嫂那個無中生有，撥弄是非，繼而引起別人爭鬧的長舌婦。

可是，她卻也不得不把李嫂說的那些話，原原本本地告訴老伴。而老伴則有他自己的看法。

「不要聽李嫂胡言亂語，這個女人說的話如果能信，大便都可以吃。妳也不想想看，島上駐守著好幾萬大軍，街上做的幾乎全是軍人生意，為了生意和軍人接觸都是正常的事。我們大千認識王小姐已經好幾年了，如果她的行為真如李嫂說的那麼不堪，大千既不是三歲小孩，又不是白癡，怎麼會不知道？既然知道，又怎麼會和她繼續交往？李嫂之前不是說人家秀梅討伙伕班長嗎，結果話傳到秀梅耳裡，被狠狠打了兩個耳光，而且還警告她說，如果口無遮攔敢再胡說八道的話，一定要撕爛她那張骯髒嘴。可憐的李嫂，手撫撫被打腫的臉，竟連屁也不敢放一個。

「由此可見，這個長舌婦說的話非僅不能聽，更不能信！或許是她的兒子三十幾歲還討不到老婆，看見大千交了一個有錢人家的女孩，又借錢給我們家修房子，心酸酸的啦。說一句不客氣的話，就是吃不到葡萄說葡萄酸，見不得人好！雖然我們都是沒有讀過書的文盲，但對人生的道理則略知一二，也是能辨別是非的明理人。別忘了，大千已經長大成人，又是一個正式公務員，儘管我們是他的長輩，但也要懂得尊重他。對於外面那些蜚言蜚語，聽聽就好，千萬不要在他面前提起，以免傷害到他的自尊心。」舅舅滔滔不絕地分析著說。

「我能理解你的看法，可是一旦他們想結婚，我們該怎麼辦？」舅媽有所顧慮地說。

「俗話說，船到橋頭自然直啊！妳以為大千每月交給我的錢，我全部把它花光了嗎？如果全部花掉我們家的生活還會過得那麼艱困嗎？老實告訴妳，我大部份都把它存起來，一方面準備還給王小姐，另一方面準備給大千結婚用。只要女方不收取聘金，自己再餵養兩條豬，其他方面再另外想想辦法。更何況房子已經修理好了，我們可以把欅頭的農具搬到尾間，讓孩子睡在那裡，空出的廂房就做為他們的新房。我相信一定能順順利利把新娘迎進門，也一定能請村人及親友們吃囍糖、喝喜酒。讓大家沾沾我們的喜氣，替我們高興高興，也同時祝福新娘和新郎啊！」舅舅打著如意算盤，得意地笑著說。

「王小姐可是有錢人家的千金，她會不會嫌我們太寒酸。」舅媽依然有所顧慮地。

「如果她貪圖的是榮華富貴，早已嫁給大官或有錢人了，怎麼會和大千交往那麼多年。雖然一切從簡，但總比打腫臉充胖子來得踏實，相信王小姐一定能體諒我們家的處境。只要他們真誠相愛，婚後勢必能過著幸福美滿又快樂的時光。我們又有什麼好顧慮的呢。」舅舅信心滿滿地說。

「如果真是這樣的話，我所有的顧慮都是多餘的。但願人人都能美夢成真、心想事成。我們也沒有辜負大千父母臨終時的託付。」一抹喜悅又滿足的微笑，輕輕地掠過舅媽多皺的臉龐。隨後竟又雙手合十，默默地唸著：「老天爺保佑！」

果真，自從那天纏綿過後，老天爺對他們似乎有更多的眷顧，黃大千得到小辣椒的青睞後也更有信心。而不管是否郎才女貌，不管是否門當戶對，當愛神降臨在他們頂上時，什麼艱苦都能忍受，什麼環境都能適應，什麼誤會都可化解，可見它的力量有多大。於是，他們有進一步的計劃，那便是邁向人生的最高境界——結婚。然而，結婚則是一件極其莊重嚴肅的事，如依小辣椒富裕的家境與知名度，以及獨生女的身分而言，這場婚禮理應辦得風風光光、熱熱鬧鬧才有體面。可是為了黃大千的自尊心，也為他困窘的家庭著想，她選擇低調地到台灣公證結婚。因為，無論再怎麼風光的婚禮，再怎麼熱鬧的場面，並不能換取永恆的幸福。倘若因此而為他們貧困的家庭製造壓力、帶來困擾，讓外界誤以為他們是打腫臉充胖子，再風光的婚禮，再熱鬧的場面，又有什麼意義可言。況且，婚禮只不過是一個形式，熱鬧亦如繚繞的雲煙，婚後夫妻倆如何能幸福美滿，才是他們應該去營造、去追求的。

當小辣椒把自己的想法告訴黃大千時，他有所顧慮地說：

「伯母會同意我們這樣做嗎？」

「我會說服她的。雖然結婚是人生大事，但我們又不是什麼官宦人家或是富豪仕紳的子弟。能低調就盡量低調，能簡單就盡量簡單，能不鋪張就盡量不鋪張，也不必先訂婚，就直接到台灣的地方法院公證，這樣既簡單又省事也更有意義。」小辣椒解釋著說。

「王美麗，妳太瞭解我了，我的想法正是如此，只是不敢開口說出來而已。」黃大千興奮地說。

「一旦結婚後，我們就是名符其實的夫妻，有什麼話就直說，不能悶不吭聲地放在心裡。我們的想法，你必須先向舅舅和舅媽稟告，如果他們有意見，要設法說服他們。」小辣椒囑咐著說。

「我敢保證，舅舅和舅媽一定會同意的。」

「怎麼講？」

「我們家的環境妳是非常清楚的，如果按照傳統的婚嫁禮儀，從訂婚到結婚，不知要傷多少腦筋。尤其妳們家在新街生意做得那麼大，可說是都市人，而我們則是窮困的鄉下人，一旦準備不足或有什麼不週之處，非僅失禮也會讓人嘲笑。如果真能一切從簡，可以省掉許多麻煩，我相信它也是舅舅和舅媽最樂意見到的。反而是伯母，不知她的意思如何。」

「我媽不會有問題的，我們就這樣說定了。」小辣椒果斷地說。

然而，她的用心黃大千知道嗎？不可否認地，結婚是人生的大事，儘管黃大千家庭窮困，但若以小辣椒的條件以及她們家的經濟能力，足可拿出一大筆錢出來舉辦一場風風光光的婚禮，再加上不貲的嫁粧來獲取親朋好友的贊賞和喝采，如此面子裡子都有了，又何必把自己的終身大事搞得那麼寒酸，那麼低調呢？可是為了顧及他的自尊心，為了顧及他們家的經濟環境，她犧牲自己選擇以最簡單的公證結婚來遷就他。即使她和母親都有遺憾，但卻是她自己的選擇，只要婚後能幸福，一切都是值得的。

正當他倆緊鑼密鼓地準備到台灣公證結婚時，某單位有個主管出缺，論情論理，必須由股長或資深科員調升。可是當小辣椒得知此事後，認為機會難得，一定得想辦法替黃大千爭取這個職位。即便他的資歷尚淺，但在戰地政務體制下，凡事並沒有什麼絕對，不按牌理出牌更是常有的事。無論是人員的任用或升遷，高官的一句話遠勝年年考績甲等。誰有本事即可捷足先登，沒本事就晾一邊，這就是獨特的金門戰地政務時期的官場文化。

而那些所謂有本事者，若想一步登天，與自身的才幹似乎並無太大的關聯。必須有一個八面玲瓏、交遊廣闊的漂亮女人做後盾，方能達成做大官的願望。要不，就得慢慢等，等到反攻大陸收復河山時，在三十五個省份不可勝數的鄉鎮中，不必靠女人亦有鄉鎮長可做。而且轄區的居民也比這個小島多出無數倍，可說是如假包換的大官。故此，那些沒有漂亮女人做後盾而升不上大官的人，似乎也不必太失望，更毋須滿腹牢騷，必須耐心等待反攻大陸的號角響起，屆時大有為的政府自有安排。

雖然黃大千蒙受小辣椒的關照特別多，但總算自己爭氣通過普考。可是取得正式公務員資格，並不代表一定能升官。即便升官有時必須靠運氣，一旦風生水起好運不來，則依舊無官可做。靠自己能力的人，假若得不到長官的賞識，仍然得原地踏步，永遠沒有翻身的機會。惟獨獨那些靠女人的大丈夫，才能平步青雲、一步登天。但這種靠裙帶關係升官的人，往往換了職務也會換了腦袋，一旦上任除了官腔官調官架子十足外，那種耀武揚威、放肆傲慢、神氣十足的模樣，簡直讓人退避三舍、不敢苟同！當然，若以黃大千的個性和為人而言，果真當了主管，勢必不會像某些人那麼囂張跋扈，可是卻永遠擺脫不了靠女人升官的夢魘。

在小辣椒的想法裡，為了黃大千的前途著想，對於這個職位，她必須全力以赴、力爭到底，絕不能輕易地拱手讓給他人。即使黃大千的資歷比別人淺，學歷也不如他人，但是她太瞭解目前的社會形態和官場文化。總而言之，想升官就必須靠關係，而且也要找對人，經驗老到的小辣椒，焉有不知情之理。如果能為未來的夫婿爭取到這個職位，身為他的妻室也與有榮焉，因此她何樂不為啊！於是她首先想到的便是她的乾爹。雖然乾爹是少將，但只是副座，並無實權。可是他與地區黨政方面則有良好的互動關係，甚至政委會所屬單位某些軍職外調主管，亦有多位是他的屬下。故而，即使談不上一言九鼎，但他的影響力則不容小覷。小辣椒之於捨棄其他乾爹不找而找上他，並非是沒有理由的。

那天，將軍依約來小辣椒家裡便飯，像往常一樣，她的母親秋霞準備了幾道可口的菜餚。當然，少不了將軍最愛的黃魚和益壽酒。為了避免黃大千在場尷尬，她並沒有邀他一起來作陪，只單純地由她們母女倆陪著將軍用餐。其實將軍心裡亦有數，儘管乾女兒誠意十足要請他吃飯，但幾乎每次都有事相求，想必這次也不會例外吧，而且聽她的口氣好像有些急迫。然而，只要他辦得到，幫幫她的忙又何嘗不可，只不過是順水人情而已。何況她每件事幾乎都是受人之託，無論是排機位或要船票，還是替鄉親安排到軍醫院就診……等等，完完全全都是為別人著想。年紀輕輕的就有如此熱心助人的胸懷，在島上並不多見，也是許多同齡女性望塵莫及的。

回想自己一生跟隨部隊南征北伐，原想不久即可回老家和妻小團聚，因此到了台灣之後，他並沒有和其他人一樣另組家庭，只一味地想回家去。無奈天不從人願，三十餘年轉眼即逝，回老家的願望非僅沒有達成，將來一旦屆齡解甲，勢將成為孤單的老人。幸好在這座小島上因緣際會遇到這個長得標致卻又善解人意的女孩，就如同是自己的女兒一樣。閒暇時和她們母女聊聊天，足可撫慰一下思鄉的情愁，並非想在這個女孩身上得到什麼好處。尤其她的母親，待人也相當誠懇，就彷彿是老家的嫂子，對他關照有加。當然，人與人之間的相處，除了以誠相待，也必須相互尊重。他亦經常趁著赴台公務之便，帶些台灣特產或是逢年過節送點禮物回饋她們，並無在她們家白吃白喝之情事，這也是他問心無愧的地方。

「妳今天除了請乾爹來吃飯，還有其他事嗎？」將軍輕啜了一口酒，主動地問。

「乾爹，每次請你來吃飯，總是有事要麻煩你，今天不知怎麼啦，竟開不了口。」小辣椒不好意思地說。

「妳要乾爹辦的事，乾爹從來沒有說一個不字啊！也從來沒有讓妳失望過啊！為什麼今天開不了口？」將軍笑著說。

「今天這件事可能比較麻煩。」

「不管有多麻煩，總得說出來才能找對策啊。」

於是小辣椒把事情的原由向他敘述了一遍。

「黃大千不就是之前在這裡一起吃飯的那位年輕人嗎？」將軍想了一下說：「他看起來不僅老實，也很有禮貌。」

「乾爹好記性，就是他。」

「像這種人事案，縣長可能做不了主，一定要經過政委會秘書長的批准。」將軍面有難色地說。

「不管了。」小辣椒竟撒起嬌，「乾爹你得想想辦法。」

「妳老老實實地告訴乾爹，這個黃大千是不是妳的男朋友？」將軍指著她說。

小辣椒嬌羞地點點頭，但並沒有告訴他兩人準備到台灣公證結婚的消息。

「既然這樣，就先叫他來給乾爹叩個頭，叫聲乾爹。」

「只要乾爹答應幫忙，我們兩人一定跪在乾爹的面前，叩五十個大響頭，叫一百聲親愛的乾爹。」小辣椒誇張地笑著說。

「乾爹怎麼捨得你們這麼做啊，我盡力幫忙就是了。」將軍慈祥地說。

在諸多乾爹中，小辣椒終於遇到一個沒有逾越乾爹分寸的真正乾爹。而那些假借乾爹之名，暗中則窺伺她的美貌和身軀的乾爹們，就彷彿是一隻披著羊皮的狼。如此之乾爹，早已逃不過她雪亮的雙眼，休想如之前那樣，讓他們有動手動腳的機會。甚至只要說些不中聽的話，她也會毫不客氣地加以糾正，絲毫不給那些心術不端的乾爹面子。一旦將來結婚，黃大千又順利當了官，她必須更加收斂自愛，專心做一個人人羨慕的官太太。當然，一旦黃大千有升官的機會而不得其門而入，她依然會透過各種關係，或展現女人最美麗的一面，重新找一個有權勢的新乾爹，為夫婿爭取更高的職位。憑她小辣椒，沒有辦不到的事，不信，大家就等著瞧！

出缺的某單位主管，長官並沒有交辦特別的人選，人事單位原已擬好簽呈，準備由一位資深的科員出任。然而臨時卻接到指示，必須把黃大千列入一起呈報，好讓長官二選一，以免同額遭人非議，人事單位豈敢不遵照辦理。可是在他們單純的想法裡，黃大千只不過是陪襯而已，無論他的學經歷或辦事能力，幾乎都難以與那位資深的科員相提並論。除非長官不按牌理出牌或是人選已內定，要不，再怎麼圈、怎麼選，也輪不到黃大千。

但是卻也有人持不同的看法，這件人事案內情絕對不單純，為什麼府內資深的科員那麼多不呈報，而偏偏指定要資淺的黃大千？尤其在幾次升遷中，明明黃大千的條件不如人，卻屢次都由他拔得頭籌，即便引起許多人的不滿，但亦只是敢怒不敢言。然而，大家都知道，黃大千有小辣椒當靠山，而這個妖嬈的女人，靠的則是她那些乾爹們。只要她那兩個大奶子敢露，敢讓乾爹們疼疼惜惜，然後坐在乾爹的大腿上撒撒嬌，復以那雙纖纖玉手撫撫乾爹的鬍鬚，再柔聲地喚一聲乾爹。如此一來即有求必應，還有什麼辦不到的事，他不就是靠小辣椒這種女人升官的嗎？想必這一次也不會例外。談到此，一夥人不禁搖頭感嘆，真是世風日下、人心不古啊！可是又能奈何，只因為這是一個不一樣的年代。

果真，長官圈選的正是黃大千，落選者不滿的情緒可想而知。當人事命令正式發佈時，即使向黃大千恭喜的聲浪不斷，卻也有人當著他的面，以不當的言詞來影射。

——這個年頭，如果沒有漂亮女人做後盾，永遠升不了官。

——光靠漂亮還是不行，奶子還要夠大，屁股也得夠翹，乾爹看了才會爽啊！

——再大的奶子，再翹的屁股，還不如露一下。乾爹最愛的，不就是小辣椒那種嗆人的辛辣味嗎？

提起小辣椒這三個字，的的確確觸動到黃大千的神經線。縱使他忠厚老實又有獨到的涵養，但為了升官卻必須面對如此的對待，除非白癡，要不，他何能忍受這種羞辱。儘管他的學經歷不如他人，可是他卻憑本事通過普考，既然同樣有升任主管的資格，他為什麼不行？至於能不能獲得長官的青睞，那必須各憑本事。娶了一個有幫夫運的老婆，難道不是他的福份，他們即將結為夫妻。雖然屢次都是蒙受小辣椒的幫忙，可是不久，他們又憑什麼說三道四的？於是黃大千越想越氣，越想越不是滋味，再也忍受不住他們的羞辱，竟毫不客氣地說：

「你們就不能留點口德嗎？」

「我們說的是你嗎？」張科員反問他說。

「你們明明知道我和小辣椒的關係，為什麼要在我的面前批評她？」

「什麼關係啊？」張科員故意問。

「朋友。」黃大千知道他明知故問。

「你真是小辣椒的朋友嗎？」一旁的李科員故作神祕地接著問。

「當然。」黃大千不疑有他，語氣堅定地說。

「小辣椒的朋友又算得了什麼？我還是她的乾爹呢！」李科員不屑地，「老實告訴你，靠女人升官沒什麼了不起啦！」

「那是我的本事！與你何干？」黃大千憤怒地說。

「本事？」張科員鄙視地看了他一眼，反問他說：「如果靠女人升官也算是本事的話，你不感到汗顏嗎？」

「老實告訴你們，不要見不得人好，也不要吃不到葡萄說葡萄酸。現在人事命令已在我手中，你們再怎麼吃味，再怎麼不爽，也改變不了我調升主管的事實。不管是靠女人或是靠裙帶關係升官，你們想怎麼講就怎麼講，愛怎麼說就怎麼說，悉聽尊便！」黃大千激憤而高聲地說，與他之前的行事風格，簡直判若兩人。

兩位科員一時無言以對，想不到平日忠厚老實的黃大千，此時竟以這種近乎囂張的語氣來數落他們。難道真是換了職務就換了腦袋？還是他們不當的言詞傷及他的自尊心而激怒了他，以致於引起他強烈的反彈？仔細地想想，在這個以軍領政的小島上，許多公務員幾乎都是高官的部屬或老鄉；有些退伍後轉任，有些軍職外調屆齡退伍後再重新任用，只要高官一句話，要任、要免、要調、要升，人事單位無不全力配合，誰膽敢說一句不滿的話。因此，黃大千如此的行徑，似乎不值得大驚小怪。想想爾時，兩人還不是靠關係進入公門的，而今再以不當的言詞批評他人，似乎有點不妥與諷刺。設若要怪，也必須怪這個以軍領政的戰地政務體制，島民又何過之有？剛才用那種輕薄的語言來嘲諷他，確實有點意氣用事，亦有損及自己的風度。即使他的資歷淺了一點，但辦事能力則不容置疑，擔任主管職務絕對能勝任。況且，彼此都是多年同事，相煎何太急？

或許是蒼天對黃大千這個自小失怙又失恃的孩子特別的眷顧，即便他沒有顯赫的家世與學歷，但卻有一個長得漂亮又豐滿，交遊廣闊又八面玲瓏的女朋友幫他撐腰。從他們兩人交往多年的情勢來看，一旦兩人結婚，夫妻倆即可魚幫水、水幫魚。倘若時局不變而小辣椒又駐顏有術，舊的乾爹走了，新的乾爹勢必又會再來。之前靠女人，往後靠老婆，他的前途可說無可限量啊！屆時一旦青雲直上，不知會羨煞多少人，甚而誰又敢於保證，他將來不會成為他們的長官？

可是繼而一想，升官必須靠自己的能力和本事，如果靠的是女人或老婆，又能光榮到哪裡去！兩相對照縱使各有利弊，但他們的想法是否對呢？是否有當呢？心中確實充滿著矛盾。難道真如黃大千所說的，是見不得人好？或是吃不到葡萄說葡萄酸？兩人越想越感到有些不好意思，枉費兩人年歲比他長，資歷又比他深，為何竟會那麼地沒有風度，和一位小老弟計較？如果不感到汗顏，那便是麻木不仁啊！

然而在小辣椒的想法裡，不管別人對她的看法如何，不管別人背後如何地批評她，她終將以一顆坦然之心來面對。更何況，她並沒有如他們想像中的那麼不堪，縱使她的身軀被男人碰觸過，但除了之前的副營長以及現在的黃大千，係青春時期留下的甜蜜印記，其他幾乎都是被男人騷擾或趁機吃豆腐，並非出自她的自願。唯一值得安慰的，莫非是她依然保持著一個完整的處女身，這非僅是未婚女性的驕傲，也是她必須堅持的原則。因此，她並沒有對不起自己的良心，也沒有辜負母親的教誨，她感到心安理得。

儘管黃大千的學經歷不如他人而引起某些人的反彈，但他的勤奮有目共睹，通過普考更是一件不容易的事。此時能透過關係為他爭取更高的職位並無不妥之處，雖有損他人的權益，讓競爭者失去晉升的機會，可是他們理應體諒她的苦衷，情非得已啊！況且，無論什麼事都是一種機緣，在僧多粥少卻又處處講關係的現實社會，除非才華出眾、學養俱佳，始能獲得長官的賞識，要不，只有夢想當官的份，休想更上一層樓。

而今，趁著乾爹尚未調離金門，以及他在黨政軍方面仍有舉足輕重的影響力。倘若有這種機會而不加以利用，一旦讓它錯過，黃大千不知須待何日始能升任主管。如此一來，她面子裡子都有了，終究，她的夫婿是某單位主管，而不是一般小公務員，成為官夫人已是既定的事實。也由此可見她縱橫金門社會多年，無論做任何事或交際應酬，自有一套與眾不同的高妙手法。除了多年前被抓到憲兵隊枯坐一晚外，其他鮮少有不如意的情事發生。小辣椒已非昔日吳下阿蒙，亦非浪得虛名啊！於是她打從心靈深處，湧出一絲得意的微笑。而這抹微笑，將永恆綻放在她青春美麗的臉龐……。

尾聲

黃大千如願升任主管，可說完完全全託小辣椒之福。即便以他的能力可以勝任這份工作，但如果沒有小辣椒，他依然不得其門而入。故而，對於靠女人升官這句話，他已慢慢能釋懷。因為事實原本就如此，他非僅不以為忤，也將欣然接受。儘管不少眼紅的人對小辣椒的行為及種種事端仍有諸多負面的批評，甚至說她為了達到某種目的而跟大官上床。然而對於那些蜚言蜚語他絲毫不在意，和她到台灣公證結婚是他既定的計劃，絕對不會受到外來的因素而改變。

憑他的家世和長相，能娶到小辣椒這個如花似玉的富家女，何嘗不是他的福份。如今又運用她的人脈關係，讓他順利地升任主管，豈能再忘恩負義。縱使往後無論他在職場上有多大的成就，依然必須背負著靠女人升官或靠老婆升官的壓力，可是他仍舊願意以一顆坦然之心來承受。只要自己有能力，靠女人或靠老婆升官並不可恥。總比那些自己沒本事，而四處逢迎拍馬甚至花錢買官做的人要高尚許多吧！故而他感到心神安適沒有遺憾，對於未來更充滿著無比的信心。他絕不會讓小辣椒失望，也不會辜負舅舅和舅媽養育他長大的苦心。

然而，縱使黃大千已升任某單位主管，但一時仍無法改善他貧窮的家境，這是騙不了人的。如果以他目前的職位，再加上小辣椒的名氣，理應在自己的家鄉辦一場風風光光的婚禮才對，可是事與願違，人生亦無十全十美的事，為了顧及他的自尊，仍舊依照他們原定的計劃，準備低調地到台灣公證結婚。甚至過於低調，反而變成神祕。除了家長外，幾乎鮮少有人知道他們到台灣的目的是公證結婚。

那天，金門尚義軍用機場的候機室裡清一色是軍人，但是有一個穿著公務員制服的青年，站在一個不起眼的角落。候機的士官兵並不認識他，以為他只是一般公務員，準備搭機赴台公幹而已，因此並沒有特別注意。而那位故意站在販賣部櫃檯前，好讓人誤以為是服務員的小姐，即便她刻意地不施脂粉，穿著也既簡單又樸素，但從她烏黑的髮絲，姣好的面貌，豐滿性感的體態，一眼就被認出是金門的名女人小辣椒。

儘管她試圖想避開眾人的耳目，但以她的高知名度豈有那麼容易，引起一陣騷動是免不了的事，她又能閃躲到哪裡去？幸好空軍士官長開始唱名過磅，準備發放登機證，才沒有為她帶來更多的困擾。然而，在軍用班機一位難求下，是誰幫他們排的機位？甚而，當飛機抵達台北松山機場，外島服務處連絡官姚上校，親自以軍用吉普車送他們住進西華飯店，是誰的指示？金門小姐有誰能受到如此的禮遇？掐指一算，怪怪隆叮咚，還真只有小辣椒一人呢！

在台北地方法院辦好公證結婚回到飯店的那晚，他們手牽手興奮地走進房間裡，柔和的燈光映照在小辣椒洋溢著幸福的臉龐，讓她更加地嬌艷動人。於是黃大千按下門鎖，緩緩地走到她的身旁，用手指頭輕輕地在她肩上捏著捏著。即使窗外車水馬龍，又有五光十色、光采奪目的霓虹燈在閃爍。然而他們那有心情欣賞異鄉悅目的夜景，霎時，熾熱的青春火焰快速地在他們體內燃燒。當小辣椒以一對水汪汪的大眼睛凝視他的時候，他內心渴望的是什麼？難道不是那種軟玉溫香抱滿懷的浪漫情境？無論他有多麼地忠厚老實，面對眼前這個既漂亮又豐滿，姿色風靡整個金門島的美人兒，除非是柳下惠，否則的話焉有坐懷不亂之高尚品德？更何況，他們已是一對經過法院公證結婚的正式夫妻，再怎麼繾綣纏綿、纏綿繾綣，並沒有對不起自己的良心，也沒有違背傳統道德，他們又何須浪費時間枯等待。

因此，當黑夜籠罩整個大地，當熾熱的青春火焰再次地在他們體內燃燒，當黃大千輕輕解開她羅衣的當下，霎時，呈現在他眼前的是兩顆既飽滿又熟透了的紅蘋果，讓他雙眼為之一亮。他情不自禁地伸出手，如蟻爬似地遊移在她白皙柔軟的肌膚上。而當他的手指頭輕輕地碰觸到她胸前那兩顆狀如櫻桃的小丸子時，就如同是小時候把玩的彈珠，讓他愛不釋手。可是，他並沒有用他那雙粗糙的手來撫摸它、摩挲它。而竟俯下身，以自己洋溢著熱情卻又滾燙的舌尖，對準那兩顆嫣紅的小小丸子，從左到右，從中間到旁邊，溫柔輕巧地舔著、舔著、舔著……。如此地一遍又一遍、一遍又一遍，簡直讓小辣椒內心有難以承受之重，體內彷彿有數以千隻的螞蟻在爬行、在爬行、在爬行、在爬行……。

於是她蠕動了一下身軀，難受地閉上雙眼，想不到向來老實的黃大千，竟會以這種招數來折磨她。他是真忠厚？還是假老實？抑或是身心健康的男性與生俱來的本能？即使她之前曾和副營長有過親密的行為，但除了接吻與隔著層層衣服愛撫外，並沒有讓他的手直接碰觸她身體的敏感部位，因為他們只是戀人而已，並沒有實際的夫妻名份，豈能讓他越雷池一步。而此時，面對的是自己的新婚夫婿，是一個要和她廝守終身的同鄉青年，她還有什麼好顧慮？還有什麼不能在隱蔽的房內做自己愛做的事？只因為她的體內有青春熾熱的火焰在燃燒，有造物者賦予她的原始本能。而這種本能，除了哭、笑、吃、喝，當然也包括性。竟連東周戰國時期的思想家告子都主張「食色，性也」，何況是凡人。唯一的或許她是女子，似乎不該有較新潮的想法，理應要有女性的矜持。但如果不敢把自己內心的想法表現出來，未免也太假了吧。

她再也忍受不了黃大千對她的挑逗，緊緊地把他抱住，卻也明顯地感覺到他生理上有強烈的反應。而說時遲那時快，黃大千已快速地脫去自身的衣褲，他顯露在體外的某器官正拚命地在她下身尋找一個可供容身的洞天福地。不一會，終於在一片翠綠的青青草原上，他發現到一泓盈滿著春水的小小洞穴，與奮的情緒不言可喻，多年的美夢將在異鄉霓虹燈閃爍的月夜裡達成！因此，他已沒有耐心再等候，就讓一切歸於自然，源於自然，把人性的原始本能做一個最完美的呈現，甚而把它發揮得淋漓盡致、盡善盡美，讓兩人同時達到春宵一刻值千金的最高意境。

然而，在興奮的同時，卻也讓他們想起，之前外人曾對小辣椒有諸多負面的批評，甚至說她跟多位大官上過床，是一個人盡可夫的淫蕩女。儘管人言可畏，可是她卻問心無愧，保持貞操更是她一生的堅持，但聽在黃大千耳裡，則有不一樣的感受。即便他選擇相信她的清白，也始終認為能和她結成連理，是他此生最大的福份，但內心難免有些不舒坦。而今，事實勝於雄辯，謠言亦止於智者，當激烈的男女戰爭結束後，戰場上留下的那片血跡，並非是兩人廝殺時的殘留物，而是源自小辣椒體內的落紅。縱使它只是一小片血跡，卻是極其珍貴的處女印記，那些蜚言蜚語，勢將隨著他們幸福時光的來到，像那繚繞的雲煙，隨風消失得無影無蹤……。

（全文完）

原載二〇一三年四月一日起《金門日報・浯江副刊》

寫作記事

一九四六年　八月生於金門碧山。

一九六一年　六月讀完金門中學初中一年級因家貧輟學。

一九六三年　一月任金防部福利單位雇員，暇時在「明德圖書館」苦學自修。

一九六六年　三月首篇散文〈另外一個頭〉載於《正氣中華日報・正氣副刊》。

一九六八年　二月參加救國團舉辦「金門冬令文藝研習營」，講師計有：鄭愁予、黃春明、舒凡、張健、李錫奇，以及在金服役的詩人管管等，為期一週。除楊天平老師、洪篤標先生與作者係來自社會階層外，餘均為本地國、高中在學學生。現今活躍於金門文壇的作家與文史工作者例如：黃振良（曉暉）、黃長福（白翎）、林媽肴（林野）、李錫隆（古靈）……等，均為當年文藝營學員。

一九七二年

五月由金防部福利單位會計晉升經理，並在政五組兼辦防區福利業務（金防部所屬各師及海、空指部、防砲團之福利業務，以及直屬福利營站、電影院、文具供應站、特約茶室、文康中心等業務，均由其承辦）。六月由台北林白出版社出版文集《寄給異鄉的女孩》，八月再版。

一九七三年

二月長篇小說《螢》載於《正氣中華日報・正氣副刊》。五月由台北林白出版社出版發行。七月與友人創辦《金門文藝》季刊，擔任發行人兼社長，撰寫發刊詞，主編創刊號。九月行政院新聞局以局版臺誌字第〇〇四九號核發金門地區第一張雜誌登記證，時局長為錢復先生。

一九七四年　六月自金防部福利單位離職，輟筆，在金湖鎮新市里復興路經營「金門文藝季刊社」（販賣書報雜誌與文具紙張），後更改店名為「長春書店」。

一九七九年　一月《金門文藝》季刊革新一期，由旅台大專青年黃克全、顏國民等先生接辦，仍擔任發行人。

一九九五年　創作空白期（一九七四年～一九九五年），長達二十餘年。

一九九六年　七月復出，新詩〈走過天安門廣場〉載於《金門日報・浯江副刊》，八月散文〈江水悠悠江水長〉載於《青年日報副刊》。九月短篇小說〈再見海南島・海南島再見〉脫稿，廿四日起至十月五日止載於《金門日報・浯江副刊》，該文刊出後，受到讀者諸多鼓勵，亦同時引起文壇矚目。

一九九七年

一月由台北大展出版社出版發行三書：《寄給異鄉的女孩》增訂三版，《螢》再版，《再見海南島．海南島再見》初版。三月長篇小說《失去的春天》脫稿，廿五日起至六月廿五日止載於《金門日報．浯江副刊》，七月由台北大展出版社出版發行。

一九九八年

一月中篇小說《秋蓮》上卷〈再會吧，安平〉脫稿，一月廿日起至二月十八日止載於《金門日報．浯江副刊》。五月下卷〈迢遙浯鄉路〉脫稿，廿四日起至六月十五日止載於《金門日報．浯江副刊》。八月由台北大展出版社出版發行三書：《秋蓮》中篇小說，《同賞窗外風和雨》散文集，《陳長慶作品評論集》艾翎編。

一九九九年　十月散文集《何日再見西湖水》由台北大展出版社出版發行。

二〇〇〇年　五月金門縣寫作協會「讀書會」假縣立文化中心舉辦《失去的春天》研討會，作者以〈燦爛五月天〉親自導讀。十月長篇小說《午夜吹笛人》脫稿，十八日起至十二月六日止載於《金門日報・浯江副刊》，十二月由台北大展出版社出版發行。

二〇〇一年　四月〈今年的春天哪會這呢寒〉——咱的故鄉咱的詩，載於《金門日報・浯江副刊》。十二月中篇小說《春花》脫稿，廿三日起至翌年元月廿二日止載於《金門日報・浯江副刊》。

二〇〇二年　三月中篇小說《春花》由台北大展出版社出版發行。四月中篇小說《冬嬌姨》脫稿，廿九日起至五月三十一止載於《金門日報．浯江副刊》，八月由台北大展出版社出版發行。十二月由國立高雄應用科技大學金門分部觀光系主辦，行政院文建會及金門縣政府協辦之「碧山的呼喚」系列活動，作者親自朗誦閩南語詩作：〈阮的家鄉是碧山〉為活動揭開序幕。散文集《木棉花落花又開》由台北大展出版社出版發行。

二〇〇三年

五月中篇小說《夏明珠》脫稿，一日起至六月十六日止載於《金門日報．浯江副刊》，十月由台北大展出版社出版發行。同月長篇小說《烽火兒女情》脫稿，廿六日起至翌年元月九日止載於《金門日報．浯江副刊》。十一月長篇小說《失去的春天》由金門縣政府列入《金門文學叢刊》第一輯，並由台北聯經出版公司與金門縣文化局聯合出版發行。十二月〈咱的故鄉 咱的詩〉七帖，由金門縣文化中心編入《金門新詩選集》出版發行。其詩誠如國立台灣藝術大學副教授詩人張國治所言：「他植根於對時局的感受，對家鄉政治環境的變遷，世風流俗的易變，人心不古，戰火悲傷命運的淡化等了題關注，……選擇這種分行，類對句……、俗諺，類老者口述，叮嚀，類台語老歌，類台語詩的文類…鋪陳一股濃濃的鄉土情懷。」

二〇〇四年

三月長篇小說《烽火兒女情》由台北大展出版社出版發行。七月《金門文藝》由金門縣文化局復刊，並由原先之季刊改為雙月刊，發行人由局長李錫隆先生擔任，總編輯為陳延宗先生。八月長篇小說《日落馬山》脫稿，九月五日起至十二月廿六日止載於《金門日報・浯江副刊》。

二〇〇五年

元月〈歷史不容扭曲，史實不容誤導——走過烽火歲月的金門特約茶室〉脫稿，廿三日起載於《金門日報・浯江副刊》。二月長篇小說《日落馬山》由台北大展出版社出版發行。三月散文集《時光已走遠》由金門縣文化局贊助，台北大展出版社出版發行。四月短篇小說〈將軍與蓬萊米〉脫稿，廿七日起至五月八日載於《金門日報‧浯江副刊》。七月中篇小說〈老毛〉脫稿，十日起至八月十二日止載於《金門日報‧浯江副刊》。八月《走過烽火歲月的金門特約茶室》獲行政院文建會、福建省政府、金酒實業（股）公司贊助，十一月由台北大展出版社出版發行。金門縣鄉土文化建設促進會於同月二十六日為作者舉辦新書發表會。二十九日《聯合報》以半版之篇幅詳加報導，撰文者為資深記者李木隆先生。

二〇〇六年

一月〈關於軍中樂園〉載於《中國時報‧人間副刊》。三月五日當選金門縣采風文化發展協會第三屆理事長。長篇小說《小美人》脫稿，廿日起至七月廿七日止載於《金門日報‧浯江副刊》。六月《陳長慶作品集》（一九九六～二〇〇五）全套十冊（散文卷二冊，小說卷七冊，別卷一冊）由台北秀威資訊科技公司出版發行。八月長篇小說《小美人》亦由台北秀威資訊科技公司出版發行。十一月長篇小說《李家秀秀》脫稿，十二月一日起至翌年四月五日止載於《金門日報・浯江副刊》。同月《金門特約茶室》由金門縣文化局出版發行。該書出版後，除「東森」、「三立」、「中天」、「名城」……等多家電子媒體，針對「金門軍中特約茶室」之議題，專訪作者詳予報導外，亦有部分平面媒體深入報導。計有：二〇〇七年一月十八日，《金門日報》記者陳麗妤專訪報導（刊於地方新聞版）。一月二十日，廈門《海峽導報》記者林連金報導（刊於金門新聞版）。二月十一日，台北《蘋果日報》記者洪哲政報導（刊於A2要聞版）。三月十二日，台北《第一手報導雜誌社》記者蕭銘國專題報導（刊於527期社會新聞56～58頁）。

二〇〇七年

四月評論〈再唱一曲「西洪之歌」——試論寒玉《心情點播站》〉載於《金門日報・浯江副刊》。六月長篇小說《李家秀秀》由台北秀威資訊科技公司出版發行。《金門特約茶室》再版二刷。八月散文〈風雨飄搖寄詩人〉載於《金門日報・浯江副刊》。十月長篇小說《歹命人生》脫稿，廿一日起至翌年三月廿日止載於《金門日報・浯江副刊》。同年並相繼完成：〈風格與品味——試論林怡種的《天公疼戇人》〉、〈永不矯揉造作的筆耕者——試論寒玉的《女人話題》〉、〈省悟與感恩——試論陳順德《永恆的生命》〉等三篇評論，均分別刊載於《金門日報・浯江副刊》。

二〇〇八年

六月長篇小說《歹命人生》由台北秀威資訊科技公司出版發行。八月長篇小說《西天殘霞》脫稿，九月一日起至翌年元月廿九日止載於《金門日報・浯江副刊》。並相繼完成：〈藝術心・文學情——試論洪明燦《藝海騰波》〉、〈走過青澀的時光歲月——試論寒玉《輾過歲月的痕跡》〉、〈以自然為師——試論洪明標《金門寫生行旅》〉、〈本是同根生　花果兩相似——張再勇《金廈風姿》跋〉等四篇評論，均分別刊載於《金門日報・浯江副刊》。張再勇先生的《金廈風姿》，更成為二〇〇八年「第三屆世界金門日翔安大會」指定贈送與會貴賓的書刊之一。十二月短篇小說〈將軍與蓬萊米〉由金門縣文化局收錄於《酒香古意——金門縣作家選集・小說卷》。

二〇〇九年

二月評論〈攀越文學的另一座高峰——試論寒玉《島嶼記事》〉，三月散文〈太湖春色〉，四月評論〈為東門歷史作見證——試論王振漢《東門傳奇》〉均分別載於《金門日報・浯江副刊》。長篇小說《西大殘霞》由台北秀威資訊科技公司出版發行。評論《攀越文學的另一座高峰》由金門縣文化局贊助出版。五月經榮總血液腫瘤科醫師證實罹患「慢性淋巴性白血病」（血癌）。六月以散文〈當生命中的紅燈亮起〉載於《金門日報・浯江副刊》敘述罹病之過程，並以「聽天由命」之坦然心胸接受追蹤檢查與治療。評論《攀越文學的另一座高峰》由金門縣文化局贊助出版。散文〈榕蔭集翠〉載於《金門日報．浯江副刊》。七月評論〈默默耕耘的園丁——試論林怡種《金門奇人軼事》〉載於《金門日報．浯江副刊》。八月《金門特約茶室》由金門縣文化局推薦，榮獲國史館台灣文獻獎。評論〈後山歷史的詮釋者——試論陳怡情《碧山史述》〉載於《金門日報．浯江副刊》，金門宗族文化研究協會《金門宗族文化》於同年冬季號（第六期）轉載。九月起專心整理友人所寫序跋與書評，並以《頹廢中的堅持》為書名。十月「咱的故鄉 咱的詩」——〈阮的家鄉是碧山〉、〈故鄉的黃昏〉、〈寫予阮俺娘的一首詩〉、〈咱主席〉、〈今年的春天哪會這呢寒〉由金門縣文化局收錄於《仙州酒引——金門縣作家選集．新詩卷》。十一月《頹廢中的堅持》整理完竣，並以〈後事〉乙文代序。十二月〈金門文藝的前世今生〉載於《金門日報．浯江副刊》，《金門文藝》雙月刊（金門縣文化局出版）於第三十四期（二〇一〇年元月）至第三十九期（二〇一〇年十一月）分六期轉載，為該雜誌留下完整的歷史記錄。

二〇一〇年

元月評論〈大時代兒女的悲歌——試論康玉德《霧罩金門》〉載於《金門日報・浯江副刊》，福建省漳州師範學院閩台文化研究所《閩台文化交流》（季刊）於同年第二季（二十二期）轉載。四月評論〈誠樸素淨的女性臉譜——試論陳榮昌《金門金女人》〉載於《金門日報・浯江副刊》。五月《頹廢中的堅持》由台北秀威資訊科技公司出版發行，評論〈源自心靈深處的樂章——試論一梅《一曲鄉音情未了》〉載於《金門日報・浯江副刊》。七月評論〈尋找生命原鄉的記憶——試論寒玉《浯島組曲》〉及散文〈神經老羅〉均分別載於《金門日報・浯江副刊》。九月短篇小說〈人民公共客車〉載於《金門日報・浯江副刊》。十月《時報周刊》資深編輯楊肅民先生、採訪編輯張孝義先生以〈解放官兵四十年八三一重現金門〉為題專訪作者，並針對《金門特約茶室》乙書詳加報導，圖文刊於一七〇二期（二〇一〇年十月一日～十月七日）出版之《時報周刊》第四十一至四十五頁。評論〈對歲月的緬懷，對故土的敬重——試讀李錫隆《新聞編採歲月》〉載於《金門日報・浯江副刊》，金門文化局《金門季刊》第一〇六期摘錄轉載（二〇一一年九月）。十一月以〈一位重大傷病者的心聲〉投書《金門日報・言論廣場》，針對署立金門醫院醫師服務態度及藐視病患之權益提出批評，《金門日報》並以「社論」〈提升醫療品質 當以病人為中心〉——從陳長慶先生的投書談起，加以呼應。評論〈從歷史脈絡，尋浯島風華——試論黃振良《浯洲場與金門開拓》〉載於《金門日報・浯江副刊》。十二月散文〈風暴之後〉載於《金門日報・浯江副刊》。

二〇一二年

元月受《金門文藝》總編輯陳延宗先生之邀，撰寫【信件對談式】散文，並以〈冬陽暖暖寄詩人〉與楊忠彬先生對談。四月中篇小說〈花螺〉脫稿，十八日起至五月二十一日止載於《金門日報．浯江副刊》並針對「金門縣政留言版」二則評論，以〈花螺本無過，何故惹塵埃〉加以反駁。六月評論〈遊子心 故鄉情——試讀陳慶元教授《東吳手記》〉載於《金門日報．浯江副刊》，《金門宗族文化》一〇〇年冬季（第八期）轉載，福建省漳州師範學院閩台文化研究所《閩台文化交流》（季刊）於同年第三季（二十七期）轉載，金門縣文化局《金門季刊》第一〇七期轉載（二〇一一年十一月）。散文〈重臨翠谷〉載於《金門日報．浯江副刊》，並同時進行長篇小說《了尾仔囝》之書寫。七月經榮總血液腫瘤科醫師追蹤檢查結果，白血球已由初診時的三萬八千，上升到目前的六萬一千，惟情緒並無受到太大的影響，仍然依照原計畫，繼續撰寫《了尾仔囝》。九月長篇小說《了尾仔囝》脫稿，十一月十八日起載於《金門日報．浯江副刊》。十二月金門文化局編列《金門文藝》新年度一百萬元印刷經費，遭金門縣議會全數刪除，《金門文藝》在復刊出版四十五期後，又遭受停刊的命運。散文〈寫給來不及長大的外孫〉載於《金門日報．浯江副刊》，並決定出版中篇小說《花螺》。

二〇一二年

三月長篇小說《了尾仔囝》連載完結，並進行另一部長篇小說《槌哥》之書寫。四月長篇小說《了尾仔囝》由台北秀威資訊科技公司出版發行，評論《不向文壇交白卷——《金門文藝》的前世今生及其他》獲金門縣文化局贊助出版。五月長篇小說《槌哥》脫稿，六月十三日起載於《金門日報．浯江副刊》，九月十六日連載完結，並獲金門酒廠實業股份有限公司贊助出版。中篇小說《花螺》由台北秀威資訊科技公司出版發行。九月接受《中國時報》資深記者李金生先生專訪，訪問議題為「走過烽火歲月的金門特約茶室」，該報於同月九日在「都會新聞版」以全版之篇幅詳加報導；十七日又引述作者所著《金門特約茶室》

書中資料加強報導，為特約茶室這段歷史，做最完整之詮釋。十月決定將〈再見海南島 海南島再見〉、〈將軍與蓬萊米〉、〈老毛〉與〈人民公共客車〉等四篇小說重新整理歸類，並以《將軍與蓬萊米》為書名出版。十一月散文〈那些過去的東西〉載於《金門日報・浯江副刊》。長篇小說《槌哥》由台北秀威資訊科技公司出版發行。十二月散文〈老調重彈〉載於《金門日報・浯江副刊》，並進行長篇小說《小辣椒》之書寫。

二〇一三年

三月長篇小說《小辣椒》脫稿，四月一日起載於《金門日報・浯江副刊》。同月小說集《將軍與蓬萊米》由台北秀威資訊科技公司出版發行。

醸小說42　PG1005

小辣椒

作　　者　陳長慶
責任編輯　蔡曉雯
圖文排版　王思敏
封面設計　陳佩蓉

出版策劃　釀出版
製作發行　秀威資訊科技股份有限公司
114 台北市內湖區瑞光路76巷65號1樓
電話：+886-2-2796-3638　傳真：+886-2-2796-1377
服務信箱：service@showwe.com.tw
http://www.showwe.com.tw
郵政劃撥　19563868　戶名：秀威資訊科技股份有限公司
展售門市　國家書店【松江門市】
104 台北市中山區松江路209號1樓
電話：+886-2-2518-0207　傳真：+886-2-2518-0778
網路訂購　秀威網路書店：http://www.bodbooks.com.tw
國家網路書店：http://www.govbooks.com.tw
法律顧問　毛國樑　律師
總 經 銷　聯合發行股份有限公司
231新北市新店區寶橋路235巷6弄6號4F
電話：+886-2-2917-8022　傳真：+886-2-2915-6275

出版日期　2013年7月　BOD一版
定　　價　350元
贊助出版　金門酒廠實業股份有限公司

國家圖書館出版品預行編目

小辣椒 / 陳長慶著. -- 一版. -- 臺北市 : 釀出版,
2013.07
面； 公分. -- (釀小說 ; PG1005)
BOD版
ISBN 978-986-5871-67-3

857.7 102012076

讀者回函卡

感謝您購買本書，為提升服務品質，請填妥以下資料，將讀者回函卡直接寄回或傳真本公司，收到您的寶貴意見後，我們會收藏記錄及檢討，謝謝！
如您需要了解本公司最新出版書目、購書優惠或企劃活動，歡迎您上網查詢或下載相關資料：http:// www.showwe.com.tw

您購買的書名：________________________________

出生日期：________年________月________日

學歷：□高中(含)以下　□大專　□研究所(含)以上

職業：□製造業　□金融業　□資訊業　□軍警　□傳播業　□自由業
　　　□服務業　□公務員　□教職　□學生　□家管　□其它_____

購書地點：□網路書店　□實體書店　□書展　□郵購　□贈閱　□其他

您從何得知本書的消息？
　□網路書店　□實體書店　□網路搜尋　□電子報　□書訊　□雜誌
　□傳播媒體　□親友推薦　□網站推薦　□部落格　□其他_________

您對本書的評價：(請填代號　1.非常滿意　2.滿意　3.尚可　4.再改進)
　封面設計____　版面編排____　內容____　文／譯筆____　價格___

讀完書後您覺得：
　□很有收穫　□有收穫　□收穫不多　□沒收穫

對我們的建議：________________________________

____

____

____

請貼
郵票

11466
台北市內湖區瑞光路 76 巷 65 號 1 樓
秀威資訊科技股份有限公司 收
BOD 數位出版事業部

(請沿線對折寄回，謝謝！)

姓　名：________ 年齡：______ 性別：□女　□男

郵遞區號：□□□□□

地　址：________________

聯絡電話：(日)________ (夜)________

E-mail：________________